ACHO QUE VAMOS TODAS PARA O CÉU

ACHO QUE VAMOS TODAS PARA O CÉU

JÚLIA DA SILVA MOREIRA

Copyright © Júlia da Silva Moreira, 2025

Editores
María Elena Morán
Jeferson Tenório
João Nunes Junior

Capa: Cintia Belloc
Ilustrações: Efe Godoy
Projeto gráfico: Lia Petrelli
Revisão: Paulo Tassa

Dados Internacionais de Catalogação na Publicação (CIP) de acordo com ISBD

Moreira, Júlia da Silva
  Acho que vamos todas para o céu / Júlia da Silva Moreira. - 1. ed. - Porto Alegre, RS : Diadorim Editora, 2025.

  286 p. ; 14cm x 21cm.
  ISBN 978-65-987116-0-3
  1. Romance brasileiro I. Título.

25-269408
CDD B869.3

Elaborado por Aline Graziele Benitez - Bibliotecária - CRB-1/3129
Índice para catálogo sistemático:
1. Romances : Literatura brasileira B869.3

Todos os direitos desta edição reservados à

Diadorim Editora
Rua Antônio Sereno Moretto, 55/1201 B
90870-012 - Porto Alegre - RS

Para Dona Darcy, minha avó.

A distância mais curta entre dois pontos pode ser a linha reta, mas é nos caminhos curvos que se encontram as melhores coisas da vida.

Lygia Fagundes Telles

*Quanto mais escuridão dos opressores, maior será
a luz emitida pela purpurina dos oprimidos.*

João Silvério Trevisan

UM.

O sol refletia nos dois menininhos de boné que balançavam de um lado pro outro. Dois meninos de ouro. Um deles já estava morto, morreu bastante jovem, mas aquele era um assunto proibido perto da mãe. No chão, os galhos caídos, botões pra colocar do lado da sepultura. A sepultura ficava dentro de casa. Ela levou uma rosa até o nariz, cheirou, cortou outro botão. Sabia exatamente onde precisava fazer a poda pra novos brotos surgirem. O sobrado de dois andares no ponto mais alto da rua, a grama de um forro verde que ela sempre aparava, como ficou bonita depois da reforma a *nossa* casa, do jeito que sempre pedi a Deus.

Não havia pecados. O dízimo pago sem falta mensalmente junto das moedas que deixava dentro da cestinha. Sempre trabalhou na igreja. Primeiro catequista e logo ministra da eucaristia. Rezava às noites, frequentava as novenas no bairro, recebia a visita da imagem peregrina, tão graciosa, saía de casa em casa pelo bairro e chegava dentro de uma igrejinha de madeira.

O barulho devagar da tesoura afiada. Um botão cor-de-rosa clarinho, quando abrisse ficaria quase branco. Perfeito como o filho. Pode um botão de rosa lembrar a mãe de um filho? Pois lembrava. Quando era novinha, antes de casar com o seu pai, vi um anjo voando na lavoura e eu quis ser freira, mas a sua avó queria muitos netos. Não deixou. Conheci o seu pai, trabalhou tanto até construir essa casa. Uma bela história que ela contou tantas vezes com o semblante nostálgico por não ter seguido os próprios sonhos e a vocação divina, que orgulho ter casado moça, de véu e grinalda, sabe, meu filho, só as virgens podem usar véu senão ele cai, uma vergonha pra família.

Levou as rosas pra dentro. Um pequeno rastro de terra pelo caminho. Os dois filhos pendurados no pescoço de mãos dadas, cada um com seu boné. Filhos de ouro que havia feito sob medida. Os quartos e camas desocupados, o cheiro de altar trazido pelas flores. Colocou as rosas na estante do lado do álbum. O álbum azul é um bloco enorme e pesado. Não é leve como o celular, que tira fotos sem peso algum, mas a mãe não tem imagens do filho no celular. O álbum foi comprado pra colocar todas as fotos que tinha dele, cada foto tem um peso, o peso de um corpo falecido. Deus guarde o meu filho, anjo de Deus.

Ela colheu o mamão do quintal dias antes. A extremidade como um algodão. Ela encostou naquela ferida que se desfez como neve. Se deixasse ali por mais tempo aquela doença se abriria, contaminando o resto da fruta.

Havia uma beleza naquela dor.

Ela cortou a ponta apodrecida e jogou fora.

Deixou as sementes sobre um pires com papel-toalha em cima da pia. Quando estiverem secas ela irá jogar no quintal.

Sentou na sala pra comer os quadrados com açúcar. No noticiário a morte de Sphen, o pinguim casado com Magic que criava dois filhotes adotivos. Quando o parceiro morreu Magic foi levado até o corpo de Sphen pra que entendesse que não voltaria. O viúvo começou a cantar, os outros pinguins respondendo ao chamado.

Pinguins não cometem pecados, o homem sim.

O repórter agora relembrando as falas do novo presidente. *Ninguém gosta de homossexual, a gente suporta; seria incapaz de amar um filho homossexual.* Pinguins não sabem o que fazem, mas e os homens? O filho sabia quando decidiu ser como aqueles pinguins, é uma escolha viver no erro. O mofo no mamão ela podia cortar e jogar fora. Se os filhos viessem com sinais visíveis, como uma fruta que apodrece, talvez pudesse ter cortado a parte podre como fez com a fruta.

Desligou a televisão. Ainda segurava o garfo. Ela tinha dado seu voto para aquele presidente, mas mesmo se não tivesse, ele teria vencido. E tem outras coisas boas sobre ele, ele zela pela família, por exemplo, e também não fala sério quando diz essas coisas, é de brincadeira, aliás, iria votar em quem? No outro partido não votaria nunca.

Ela engoliu o último cubo de mamão açucarado.

O seu pinguim gay morreu, morreu cedo e não pôde fazer um enterro, muito menos cantar pra ele.

Ela ouvia as vozes na cabeça eventualmente.

O filho soprando qualquer coisa nos ouvidos, a senhora é pecadora, quem me matou foi a senhora, e assim ela tocava os pés da santa e beijava os próprios dedos. Tinha vezes que aparecia com um novo santinho em alguma parede ou na própria estante já cheia deles ao redor do caixão. Vários Santos Antônios, Nossa Senhora Aparecida de diversos tamanhos e cores, Santa Rita de Cássia, rezou tanto, até promessa fez, Santa Luzia, a protetora dos olhos que segurava uma bandeja com dois olhos miudinhos, achava uma graça, às vezes tocava e fazia um pedido pela vista de alguém. Fora outros santos que não sabia quais eram, mas gostava de tocar, beijar. A alma do filho ficando mais calma, a voz lá longe indo embora. Mas e se fosse Jesus? Os olhos se enchiam de uma água apavorada, quem é que não se acalenta com as lágrimas de uma mãe? Até Deus. Rezava um Pai-Nosso, uma Ave-Maria, uma confusão, um medo, o mesmo sentimento de quando tomava a comunhão. E então acreditava na beleza azul, assim como o azul dos olhos de Jesus, cor sempre esperada, qual será a cor, era sempre a pergunta sobre os recém-nascidos antes de abrirem os olhos e os de Jesus eram azuis. O filho mais novo não teve a mesma sorte do mais velho, não recebeu a cor do céu. Ela acreditava no céu, mas também no inferno. Deus sabe o que faz, não manda uma mulher como eu pra lá, tomo comunhão todas as semanas, o padre sabe de tudo e nunca me negou nada, ajudo tanto na igreja.

    E ajudava mesmo, como quando se reunia com os outros voluntários pra fazer bolinhos de farinha de milho e frango e vender durante as festas juninas e arrecadar fundos. Horas preparando a massa e cozinhando o frango, depois só enrolar e fritar. Tanto tempo em volta de uma enorme panela cheia de óleo quente impregnando a roupa e o cabelo. A delícia do cheiro dos bolinhos de Deus. Tudo vendido após a missa. Um final de semana atarefado com os afazeres religiosos.

Recebia sempre os colaboradores em casa. Passava um café coado e servia bolo de fubá com calda de goiabada na sala. Falavam de assuntos religiosos, vizinhos perdidos, parentes que pouco iam à missa ou a filha de um fiel que ficou grávida aos dezesseis, tudo enquanto tricotava a toalhinha pro altar, a toalhinha do perdão.

Na televisão, o novo presidente, finalmente um que vai cuidar da família e botar ordem nessa bagunça toda. A agulha de cima pra baixo, o barbante tremendo devagar, encurtando. A toalhinha retangular, a cruz grande quase terminada, os triângulos que formavam o babado, o nosso presidente, alguém dizia. De vez em quando alguém discordava, que ele estava passando dos limites com essa história de perseguição aos homossexuais. Vamos falar de outra coisa, a última visita à Aparecida do Norte, foi bom demais, o meu sobrinho, oito anos, caminhou de joelhos a passarela junto da mãe, coisa mais bonita de se ver.

Hoje à noite, o primeiro beijo entre Caio e Ricardo.

Ela sacudia a cabeça levemente irritada e constrangida, mas só sabem falar dessas coisas na televisão, Deus que me perdoe, essa gente só pensa em mudar o rumo das coisas. Ela se concentrava no crochê. Os dedos já marcados pela pressão na agulha, o balanço do barbante frenético rolando a bola no chão, a agulha caçando o barbante do outro lado da toalhinha, a vontade de desfazer aquele crochê, a vida se desenrolando e voltando atrás. Não desfez. Desligou a televisão. Quis voltar a falar da jovenzinha grávida. Dizem que o pai é o próprio tio, menina, ah, mas pudera, ficava usando uns shortinhos curtos, umas saias minúsculas. A agulha agora calma, tranquila, em movimentos leves. Espero que acabem com essa coisa de ajudar apenas alguns, somos todos iguais. E esse tal de padre Tadeu hein, usa dinheiro da igreja e dá pros drogados em São Paulo, uma pouca vergonha, vão é usar mais drogas, isso sim. Se quiserem ser salvos, então que mudem, façam por merecer.

DOIS.

Festa junina. Horas antes da missa ela preparava a massa do encapotado na barraca. Cheiro bom, cheiro de frango na panela, temperado com muita cebolinha. De vez em quando aparecia alguém pra saber se já estavam vendendo. Só depois da missa, senhora. Essa gente... assistir à missa não quer, disse uma mulher de avental verde enquanto colocava uma colher de frango desfiado na massa, fechou e enrolou num formato oval e colocou numa forma junto de tantos outros bolinhos. Fritariam pouco antes do final da missa. A outra mulher com um lenço vermelho na cabeça concordou. Ouviam o rádio, uma música sertaneja. E que roupas são essas, menina, essa calça justa desse jeito, essa maquiagem forte, uma velha usando essas roupas, comentou a de avental verde. Ah, mas o novo presidente vai dar um jeito até nisso! Elas caíram na gargalhada.

    A conversa foi se entortando, mais torta do que o sorriso fingido, e o assunto se enredando cada vez mais até a senhora de avental verde falar sobre o horror que era o casamento entre dois homens, onde já se viu, vão entrar os dois de vestido ou de terno na igreja?

Quis mandar que calassem a boca, tivessem mais respeito e depois enfiar a cara delas no óleo quente, crendiospai, de onde surgiu isso? Não fez. Deu uma risada seca, derrubando o bolinho no óleo e espirrando, meu Deus, menina, tome cuidado, se queimou? Ela disse que iria pra missa, precisava ouvir o padre e comungar, pediu que as senhoras continuassem o serviço.

Num banco estava sentada a senhora de maquiagem forte e salto alto. Caminhou até ela. Sentou e elogiou os sapatos rosas da senhora, comentou que nunca usava salto, ainda mais tão finos como aqueles. A senhora respondeu que não saía de casa sem salto alto. Ficaram um tempo conversando sobre o padre novo e o quanto sentiam falta do padre antigo, que foi transferido de paróquia.

Já era tarde quando foi escovar os dentes. O banheiro fedido, uma água podre vertendo do ralo. Pegou o desentupidor químico no armário da pia, o anticristo da limpeza. O rótulo adverte: pode causar irritação na pele.

Certos filhos causam alergia nos pais.

Seria ótimo se os filhos pudessem ser comprados no mercado já com os avisos: este produto contém traços de drogas ilícitas; este outro pode apresentar tendências à delinquência; atenção: possui instabilidade emocional e pode causar frustração parental; faz parte do povo da militância e pode desafiar crenças; este aqui pode se associar com grupos marginalizados e desenvolver convicções políticas opostas. Assim ela devolveria o produto desviado trocando por outro modelo, por favor, me vê um Filho-sabonete-neutro, o senhor tem aquele Filho-desodorante-sem-cheiro? Esse aqui me dá uma coceira, formou até ferida, veja. Só tem o Ladrão-citrus-filho-de-Deus? Ah, ótimo, pode ser.

O filho mais velho chegou. Não quis jantar com ele, não tinha fome, deixou a comida pronta no fogão. Na hora de dormir, deitou de lado e demorou a cair no sono. O rádio-relógio iluminava a mesa de cabeceira com a luz vermelha das horas, quando percebeu já estava amanhecido. Ficou na cama esperando o filho mais velho sair e deixá-la sozinha.

Num vai se arrumar, mãe?

Ela ainda deitada de lado na cama, uma desculpa qualquer, estava ficando gripada, uma gripezinha boba, nada de mais, mas ele vinha percebendo mesmo a mãe meio estranha, comendo pouco naqueles dias, sem dormir direito, ontem escutei barulho de madrugada, o que a senhora tava fazendo acordada? Não era nada, pediu que não se preocupasse, levantei e fui beber água, só isso. Ele parado na porta preocupado, a mãe nunca perde as missas de domingo, será que tá boa mesmo? Algumas vezes pergunto qualquer coisa e a senhora num responde, o médico mandou comer bem, já tomou café hoje?

A mãe ia levantar logo e comer um pedaço

de pão, pediu que não se preocupasse e que fosse ajudar na igreja, poderia fazer falta um acólito. Era importante que ele fosse tomar comunhão, não tinha tomado naquela semana, qualquer coisa eu mando uma mensagem, meu filho, e antes de sair acenda o fogo pra cozinhar o feijão, assim comemos no almoço depois, tá de molho em cima da pia, vou ligar a televisão e assistir à missa, acompanhar de casa hoje, não esqueça de chavear a porta.

    Ele pediu a bênça e ela o abençoou como sempre fazia antes de sair. Reze bastante por nós.

TRÊS.

O barulho do carro saindo da garagem. Ela leva o álbum da estante pro sofá. Uma procissão lenta. Se o falecido marido e o filho mais velho estivessem ali, eles poderiam cada um segurar numa ponta do caixão. Ela ajeita o álbum pesado no colo, expira o ar fresco daquela manhã de verão e inspira as datas amareladas de mil novecentos e noventa, a imagem de uma casa que um dia verteu vida. Nunca mais conseguiu sorrir com a mesma intensidade de quando segurava aquela criança de olhos grandes, parecia que iam pular pra fora, uma pena que não nasceram azuis como os do irmão e os do pai, Deus guarde o meu filho. E o meu sorriso nessa foto, que feliz era, abria com vontade e orgulho, ah, lembro desse dia, aniversário de três anos, a velinha azul, ele gostava de azul, dá risada agora, eu falei, e ele deu esse sorriso grande arreganhando todos os dentinhos. O bolo enorme, branco com flocos de coco em cima, quem vai ganhar o primeiro pedaço, a mãe, o pai ou o irmão? E ele enfiou tudo na boca, rimos tanto na hora, ele se entupiu naquele dia, como amava doce o meu filho, era loirinho ainda nessa época, os fios escurecendo com o tempo, uma pena, igual nessa foto comigo, devia ter uns onze já, o cabelo todo no olho, tão liso, a gente na frente da casa da vó dele, ele gostava tanto dessa camiseta de ursinho amarelo, usou até fazer buraco.

Ela encara o defunto. Cavar uma cova tradicional poderia levar de quatro a seis horas, dependendo do tipo de solo. O solo do quintal é bom, tem a terra marrom-escura cheia de minhocas, há árvores frutíferas no quintal. O álbum é pequeno comparado a um caixão. Para um túmulo pequeno, do tamanho de um álbum de fotografias, não levaria mais do que meia hora, o mesmo tempo pra um caixão pequeno de bebê. Como é difícil enterrar um filho, ainda mais um filho sem corpo, o corpo sumiu, o que restou foram os papeis fotográficos. As minhocas comeriam o filho de papel rapidinho.

A próxima página. A foto de um menino de boné. Nessa época gostava de usar boné, não saía sem. O cabelo mais comprido, quantos anos tinha, uns doze, treze acho, tão feliz, posso ver no sorriso. Um dia uma mocinha da igreja veio me falar que gostava dele, achei tão bonito aquilo, era moreninha escura, mas era boa a menina, vinha de família pobre, morava lá no Bairro do Limão, tão longe, mas podiam ter casado, eu ia ficar tão feliz.

Cada foto é uma parte do corpo, ossos que se

conectam dentro do caixotinho, ela pode sentir a sujeira por debaixo das unhas e o gosto de terra na boca. A raiva de quem levou o menino, sentimento mantido a sete chaves. Toda uma vida servindo na igreja, não ajudaram em nada os pedidos que fiz? Isso não é coisa de Deus.

    A crisma do filho. Usava branco, carregava uma vela gigante. Quinze anos com essa cara de criança ainda. Rosto redondo. Dente grande igual ao meu. A igreja logo depois da reforma, a tinta ainda fresca. Que orgulho desse dia. O padrinho do lado, nunca mais se falaram, uma pena. Tanta gente se afastou.

    O olhar preso no sorriso do menino. A morte se esculpindo dentro da foto, os detalhes do que acontecia, ele retorcendo o próprio corpo, evidências singelas de uma época. Uma raiva por não ter feito nada, se pudesse voltar no tempo faria de tudo pra proteger aquela criança.

    Os grãos de terra nos dentes, a desgraça que é ter sido mãe, não nasceu pra tal ofício. Talvez devesse ter sido freira mesmo, quem sabe fosse mais feliz hoje, sem a dor de responder que o filho morreu toda vez que alguém perguntasse onde está o seu filho, faz tempo que não vejo, mas ela jamais soube por que uma mãe ama tanto um filho, um filho de ouro perfeito pendurado por uma corrente, a curiosidade se herdaria as características do pai ou da mãe, se seria como o irmão e ela tampouco entende o ódio que sente daquilo que levou o filho, nunca se permitiu descer e tocar a terra do fundo do reservatório, ela num ambiente seco formando rachaduras e tudo que mais teme é cair e por isso ela tira foto da foto com o celular e envia uma mensagem:

Veja o que achei, Maurício. Olha como você era lindo. Tantas saudades desse tempo. Você vai ser para sempre o meu filho.

O coração bate no meio da barriga. Seria um milagre, ainda assim espera por uma resposta arrependida. Quer ouvir a tristeza do outro lado da linha pra encontrar alívio. A confirmação de que sempre esteve certa: eu avisei.

A resposta vem na mesma hora:

Eu não tenho saudades. Eu era triste por dentro.

Não era o que a mãe esperava ler, os olhos tentam entender aquela mensagem sem sentido. Considera aquilo uma falta de sensibilidade em relação à dor e à saudade materna. Não sabe o que leva uma pessoa a mudar tanto e causar tanta tristeza à própria mãe. Ela escreve num impulso:

Pois eu tenho.

Mães devem ser amadas sempre, de qualquer forma, não importa.

Espero que não tenha saudades de me ver infeliz.

Ela toca os pingentes de ouro, depois o rosto do filho, um carinho, uma proteção materna e responde:

Vou guardar essas fotos com muito carinho.

As imagens perdendo as cores, contraindo um tom amarelado. Essas fotos não vão tirar de mim nunca.

A senhora pode queimar.

O filho dentro daquele caixão azul reduzido a pó. Cinzas de fotos amareladas ao ar ou dentro de uma urna funerária. O absurdo que é a cremação, cremar é destruir lembranças. Cremar as fotos é apagar o passado. A força daquela mensagem traz pra mãe um alívio de que sempre esteve certa sobre o bem e o mal e que fez a escolha correta. Botar fogo numa lembrança tão bonita. Queimar a minha felicidade. Essa pessoa não saiu de dentro de mim. Não é o meu Maurício.

A mãe não conhece aquele corpo.

Não sabe o que tem dentro dele e nem como ele cresce, mas é assim:

A travesti nasce com uma semente.
É ela.
Não tem como retirar do bebê-travesti.
A semente se abre,
fluídas raízes modificando
o corpo,
galhos que se entrelaçam
por dentro.
É ela.
Dá pra arrancar as flores,
quebrar os galhos,
tacar veneno,
mas sempre haverá um broto
surgindo,
talvez mais forte e
viçoso

Ela.
Suas flores possuindo o ar,
não tem mais como esconder.
Os ventos são
dela.
Seus galhos: ondas elegantes.
Uma imperatriz ao sol.
Os pássaros pousam em seus gravetos.
Folhas voam espalhando o seu aroma.
O dorso endurecido
dela:
casco gasto mas enfim forte.
A fagulha do dragão não basta,
o machado amolece.
A árvore de vestidos alheios,
o batom dos outros,
talvez um sutiã esquecido atrás da porta
do banheiro,
o perfume assanhado,
rímel, blush, salto agulha, unhas de cristal,
as meias-calças estupendas.
Ela,
planta florida num jardim apático,
dona de si,
o solo é seu.
Tudo é dela.
Para muitos,
uma praga.
Para a travesti,
a liberdade.

Não é ele.
É ela.

    A mãe olha a foto de Maurício de novo.

Mocinho bonito.
                Cabelo cortado.

Roupinha de homem.
                Com peitos.

Tão bonito o meu filho:

    Tem buceta agora.

Deus te abençoe e seja feliz como você é. Pra mim você apenas mudou por fora. Não vou queimar, não.
Se sua vida fosse um filme, seria O Exorcista. O corpo do filho possuído por um espírito travesso, um fantasma de uma prostituta de um bordel antigo parisiense. Essa mulher com as roupas mais provocativas de um dia festivo, a maquiagem no rosto, rebolando e jogando palavras obscenas por aí. A mãe chamando os padres pra exorcizar aquele espírito maligno que profana o seu pinguim e impedir que ele continue aquela perversidade. Ela toda religiosa com o crucifixo e os rosários na mão, conversando com o filho pobrezinho amarrado na cama, implorando que ele volte, buscando um vestígio de Maurício por dentro do corpo.

Se quer que eu seja feliz, então me respeite e não me mande essas coisas. O que a senhora ganha com isso?

Pausa pra pensar no que escrever, e então a mãe continua:

Não quero nada, Maurício. Rezo todos os dias, peço que você seja feliz como você é, mas no meu coração você vai ser pra sempre esse menino lindo, o meu filho.

O seu pinguim voltando e pedindo perdão por ter feito tudo isso, por ter te machucado, eu não pensei na senhora, mas veja, estou de volta, sou o seu Maurício. Sabe que é impossível e mesmo que isso acontecesse teria vergonha. Até mesmo se esse pinguim colocasse roupas masculinas ia continuar parecendo uma mulher, além disso, a cidade inteira já sabe da história, as fofocas já rolaram por tanto tempo, lembra do Maurício, menina? Pois é, virou mulher, até operação fez. A segunda travesti da cidade. A primeira foi aquela de ombros enormes e peruca loira que a mãe cumprimentava de longe quando via na praça.

Não adianta rezar pelas pessoas e não ter atitudes que as deixem felizes. Não sou um menino, sou uma mulher. Me chamo Júlia agora.

Se pudesse, ela viveria pra sempre em mil novecentos e noventa preparando o aniversário do filho, ele se empanturrando de bolo, curioso pra abrir os presentes de menino, o irmão cuidadoso com as bexigas, o pai as prendendo na parede com fita crepe, os parentes animados, as mulheres fofocando, os homens ocupados com as linguiças na churrasqueira improvisada com uma roda de pneu no fundo da casa, o espeto girando devagar. A mãe toda feliz ao acordar todos os dias e fazer o mesmo bolo imenso de coco, quem sabe cada dia um sabor diferente, recheio de abacaxi ou ameixa com leite condensado, a mesa enfeitada com balas de coco embrulhadas nos papeis coloridos, as crianças atrás das garrafas de tubaína, a vida literalmente uma festa todos os dias, uma única festa, sempre a mesma, o seu limbo doce, um Corra Lola Corra de bolos e risadas infantis sem pecado algum. Os filhos nunca deveriam crescer.

Não consigo colocar isso na cabeça, Maurício. Essa coisa de homossexual, de gay, não consigo.

O telefone toca e a mãe pensa por um momento se deve atender ou não, o que dizer, talvez que tem saudades, talvez perguntar como a filha está e como ela tem passado, mas, quando aceita a ligação, ela não tem tempo de dizer nada, nem mesmo um oi, a respiração sai sem voz alguma com o susto e a rapidez da outra voz na linha.

— Escuta aqui bem o que eu vou te falar. Eu não sou homossexual, sou uma mulher transexual, entendeu? Perante a sociedade eu sou uma mulher.

— Tudo bem perante a sociedade, mas pra mim não.

Há muito tempo que a mãe não ouvia aquela voz, na verdade nunca ouviu, pois é diferente, antes ouvia e enxergava um menino, e agora não reconhece mais o seu pinguim. O seu pinguim está no álbum, o que vê no celular é uma foto de uma moça com aparência desconhecida, uma árvore exibida. Pensa em passar por cima de tudo e dizer me desculpe, me perdoe, venha me visitar, eu te amo assim, do jeitinho que você é. Mas o pinguim ela já conhece, seu corpo não faz perguntas. O passado é mais fácil. O presente tem gosto de fungo, e esse presente quer roubar o pouco de paz que ainda resta do passado. Mas e se alguém me empurrasse? Talvez hoje eu só precise de um empurrão, de ouvir mais uma vez um eu te amo.

— Se me desrespeitar saiba que isso é crime.

— Eu apenas olhei aquelas fotos, Maurício.

Crime? Que horror falar desse jeito com a própria mãe. Não, não sou mãe disso.

Aquele corpo é estranho para a mãe.

O corpo da travesti é um prédio que desafia as regras da engenharia. Cada curva fora do lugar, um encanamento que não leva a lugar algum, sem serventia pra nada, aquele quarto sem função, o berço que não pode abrigar um bebê, as paredes derrubadas e reconstruídas sem consentimento da família, portas que se abrem pra cômodos desconhecidos. A mãe correndo loucamente por aquele prédio que rejeita as próprias fundações, uma constante reforma sem fim. Será que reconheceria aquela rua?

— Eu já falei que não sou mais Maurício! Maurício tá morto, entendeu?

— Quero que você me respeite também.

— E eu sempre respeitei, a senhora sabe disso.

— Eu sei, mas é que eu não consigo...

— Não consegue o quê?

— Eu respeito sim, meu filho. Eu só queria...

— Respeita? Vocês nunca me respeitaram! A senhora lembra?

— Não fale assim comigo.

— Eu falo e falo mais. A senhora é uma péssima mãe. Péssima!

— Deus te abençoe.

— Vá fazer uma terapia e nunca mais me encha o saco!

— Seja feliz como você é.

Seja feliz, a mãe disse, mas queria poder dizer me perdoe, eu te amo. Só que dizer eu te amo seria aceitar tudo, e eu, ninguém pensa na dor da mãe? Com certeza teria se atrapalhado toda nas palavras se tivesse que dizer ao vivo. Teria chorado muito.

— A senhora não é uma mãe. A senhora é um monstro.

Júlia termina a ligação. Manda fotos dos documentos pra mãe com o nome e sexo retificados. Repete que agora é uma mulher feliz e realizada, mas já não recebe mais qualquer resposta.

A mãe larga o celular no sofá, o álbum na estante. Poderia abrir um buraco no quintal e enterrar o álbum azul, o quintal é grande, ficaria do lado dos ossos do cachorro, construiria um lindo túmulo com seu nome, Maurício de Belém, colocaria lá as rosas, e não mais na estante.

Ela senta de frente à penteadeira de três espelhos. Os olhos daquelas mulheres com um buraco retangular. Nunca havia pensado que era uma péssima mãe, que era um monstro. No cabelo um fio branco que talvez a tinta não tivesse escondido. Com a pinça o arranca.

QUATRO.

Em Berlim neva.
    Júlia levanta da cadeira. Treme de ódio e de frio. Caminha até o aquecedor e aumenta a temperatura girando a manivela. Até quando ela vai ser tão egocêntrica?
    Ela abre a torneira da banheira e coloca sabonete. A água transparente explode numa espuma branca enchendo a banheira. Joga sais de banho, coloca os pés dentro, senta. Esfrega todo o corpo com a bucha esfoliando a pele. Lava os cabelos com xampu, passa condicionador e enxágua. Ela se acomoda no meio da espuma, um mar deserto sem nenhum barulho de gente. Tudo tão silencioso que ela pode ouvir as pequeninas bolhas estourarem. Ela pega um pouco da espuma e cobre os seios. Fecha os olhos, a cabeça apoiada na banheira. Permanece na mesma posição até a água começar a esfriar com a espuma já pela metade. Ela inspira, escorrega o corpo e afunda de cabeça e tudo: a purificação do

corpo. Um banho assim lava a alma, o sal faz isso, ele limpa, um batismo eu acho, talvez seja possível batizar a si mesma.

O cheiro vem da cozinha.

Júlia corre pelada derramando água pelo chão gelado, quase escorrega. Os peitos balançando, bicudos por causa do frio. Cheiro de comida queimada. Parece até feijão, mas de onde?, não tem nada no fogão, deve ser do vizinho, mas parece tão perto. A lembrança então passa como um vulto gelado pelo meio do corpo. Usava a camiseta de ursinho amarelo. Na papelaria perto da escola, a aula de pintura acontecia no andar de cima. Um dos lugares preferidos. Todo dia essa gente desenha uma casa com um rio na frente, se fosse eu, eu ia desenhar cada dia uma coisa nova. Imagina pintar com tinta de várias cores, em vez de desenhar e pintar com lápis num papel, eu podia pintar com tinta as cantoras que eu mais amo numa tela. Essa telinha custa cinco reais, com os dez que juntei eu posso comprar uma, tinta preta e praticar, eu já tenho um pincel, mas ia ser tão mais legal fazer aula, pena que a mãe não vai deixar, não tenho dinheiro, ela vai dizer.

Em casa a mãe terminava o jantar, as panelas raspando no fogão. Mãe, sabia que no Papelão tem aula de pintura, lá no andar de cima, custa trinta reais por mês, posso fazer? O cheiro do arroz pronto, fresco e soltinho. Deusolivre, que caro, você já vive desenhando em casa, quer que pague pra desenhar fora? Ela mexeu de novo as panelas no fogão sem virar o rosto. Um pouco de caldo na palma da mão, provou, acrescentou mais sal. Não tenho dinheiro e eu tive que pagar o seu uniforme da quinta série.

Eu queria aprender mais, mãe. Ela tampou as panelas, disse que o filho não iria ter tempo por causa da catequese e do curso de matemática toda semana, pegou o pano de prato, enxugou as mãos e estendeu na pia. Agora vou ter que ir na sua vó emprestar café que acabou, quando der dezoito e trinta, você desliga o feijão.

Foi até o quarto da mãe e sentou em frente à penteadeira de três espelhos. Eu ia ficar tão bonita com cabelo longo, vou colocar uns tique-taques. As modelos fazem isso quando tiram foto, colocam a mão no rosto e a perna cruzada desse jeito, deve ser uma profissão legal, mas falaram na escola que só mulher pode, será que o aparelho da minha barriga é de menina, eu vi na televisão, uma moça descobriu e o doutor arrumou tudo depois, só não entendi por que caçoavam dela. É tão esquisito, minha cabeça é de menina, mas o que tá por fora deve de tá errado, parece que tem um monte de coisa bagunçada dentro e fora, será que falo pra mãe me levar no médico, quando ela chegar, vou dizer que tenho dor de barriga e dor de cabeça, vai ver é um engano e eles podem me arrumar também, esse batom, ele tem um cheiro tão gostoso de morango.

Júlia acorda dos pensamentos. A voz da mãe estraçalhada na cabeça. Na estante ela abre um pequeno baú de madeira. Algumas fotos, uma folha de papel dobrada. Com cuidado ela desamassa aquele pedaço de papel cheio de ranhuras, rosa com manchas marrons, um papel de carta escrito com caneta azul:

Querido Deus,

O meu nome é Maurício de Belém. Eu tenho doze anos. Eu queria pedir pro senhor fazer ninguém mais me bater nem tirar sarro de mim. Hoje a mãe me bateu. Eu deixei queimar o feijão e usei o batom dela. Ela deu um tapa no meu rosto e lavou a minha boca com sabonete. Ela nunca tinha me batido na cara. Eu acho que ela ama mais o meu irmão. Ele nunca faz nada e nunca apanha. Eu tenho que lavar o banheiro e lavar a louça. A mãe emprestou feijão da vó e falou que eu não ia comer. Hoje a minha janta foi: carne de frango, arroz, suco e couve-flor. Eu prometo que vou rezar todo dia um Pai-Nosso e uma Ave-Maria pra sempre!

Júlia se recorda de ter colocado a folha dobrada embaixo da imagem da santa e em seguida rezado um terço enquanto segurava o rosário. Tinha escutado uma conversa da tia sobre uma simpatia que fez por causa do marido que bebia demais. Deus não parecia dar muita atenção aos pedidos antes de dormir. Resolveu fazer uma simpatia também, os pés da santa um atalho, os correios até o céu. Deve ser lá onde os pedidos são entregues e passam por uma triagem celestial, mas depois que a santa quebrou, Júlia escondeu o papel na caixinha de lembranças.

Ela sente pena da mãe. Uma mulher presa no próprio corpo. O olho de uma meia lágrima que não quer descer. Não quer que lágrimas inteiras escorram pelo rosto e por isso ela segura o máximo que pode. A junção de duas metades pode gerar uma inteira e cair. Derrubar seria um sinal de fraqueza, de voltar ao sentimento que havia deixado pra trás.

Júlia veste o roupão. Enxuga o vestígio de lágrima na manga. O gato se lambe no sofá. O pega no colo, dá um beijo, aperta até ele miar pra descer e ir até a cozinha. Quer comida o coitado. Ela abre uma lata de atum. A mão no pelo, tão branquinho, velhinho já, quinze anos se passaram desde que adotamos, o coitado morrendo de medo da outra gata brava, depois o levamos até nossa casa, no começo fez uma bagunça, mijava e cagava por todo lado, um tempão embaixo da cama sem sair, com medo, mas logo começou a dormir com a gente de conchinha quando tava frio, ah, queria tanto que minha amiga o visse, ela ia ficar feliz de ver ele assim tão bem cuidado, ai, minha amiga, que saudades tenho de você.

O celular em cima da mesa: *Meu amor, acabei de chegar em Berlim. Estou quase caindo de tanto cansaço, trouxe presentes pra você.*

No espelho do corredor, o reflexo de uma mulher de trinta e seis anos. Algumas rugas, a pele um pouco pálida, levemente flácida. Ela toca o rosto, puxa a pele pra cima. Está envelhecendo.

Júlia vai pro quarto e deita na cama, adormece agarrada à caixinha.

CINCO.

No mesmo instante em que Júlia gira o botão do aquecedor, a mãe se aproxima da janela. Lágrimas inteiras deixam rastros pelo rosto. Lágrimas inteiras são as lágrimas de dor. É isso que as gotas completas trazem: o choro. Ele quer vir alto, mas o que sai é um choro bonito e fraco.

O feijão!

Ela corre até a cozinha. Os seios balançando por debaixo da camisola. Os bicos pontudos, grandes, de mãe que amamentou com tanto amor. A panela de pressão quente embaixo da torneira. A fumaça se espalha pela cozinha toda. O cheiro traz as lembranças com força. Antes do jantar, o filho foi até a cozinha perguntar se poderia fazer aulas de pintura. A voz que custava a engrossar e ficava levemente feminina. Ela mexeu as panelas no fogão com mais rapidez enquanto o filho falava. Ele sentou no banquinho. Por favor, mãe. O dedo enrolando na bainha do crochê que caía do pano de prato em cima da mesa. Pintura não é coisa de homem!

Mas eu amo tanto desenhar, mãe.

Não queria olhar. Olhou. O rosto feminino, a voz de menina, por quê, Deus? A mãe bateu a panela no fogão. Eu não tenho dinheiro! E pare de me encher o saco!

Lavou as mãos, puxou o pano de prato dos dedos do filho com raiva, enxugou. Estendeu na pia. Pediu que ele cuidasse do feijão e foi emprestar café da sogra. Quando voltou, ela sentiu o cheiro de queimado, o cheiro da surra que marcaria a memória de mãe e filho, a lembrança de ver o menino com os lábios vermelhos, o tapa no rosto, o gosto do sabonete que deixou na boca dele.

Já sabia, sempre soube, as mães sempre sabem, se não sabem é porque fingem. E fingia. Fingir era o melhor remédio a vida toda. Cartas nunca abertas. Portas sempre trancadas. Segredos mantidos em gavetas com chaves. Era nítido, desde os quatro anos de idade, ele era assim, meio esquisito, meio bocó como diziam os tios, mas um dia ele iria mudar, será que os filhos mudam? A gente vai esperando, levando a vida com a barriga, até a mudança chegar, ué, e não chegou? Chegou abrindo todas as gavetas, jogando todos os segredos pela janela, não tem como esconder uma coisa dessas, está estampada na cara, se ainda fosse um pinguim, mas agora é outra coisa. Andar com um pinguim pela rua tudo bem, já isso aqui não tem discrição nenhuma, não sei nem o que é, ah, como esconder o cabelão, os peitos, a voz esquisita, as pernas compridas nas saias curtas, como esconder dos parentes distantes, o que eles vão dizer, melhor dizer que morreu, e dizia: mor-reu, na cara dura mesmo, até que um dia pararam de perguntar.

A penteadeira de três espelhos. O retângulo nos olhos das mulheres. Tanto medo de tropeçar e cair. Ela fantasiando o dia de se jogar, a vertigem vindo, ela se deixando levar pra esses momentos em que senta na borda e coloca os pés do lado de dentro. Se tivesse a coragem de pular, quem sabe renasceria e encontraria o amor.

Na penteadeira, uma foto do casamento. Amarelada que estava, o véu branco nem branco mais era. Ah, o véu! Véu e grinalda. A primeira vez dela se encontrando nua embaixo do lençol ouvindo os discos do rapaz. Rafael era o nome dele, tinha uma moto. Ela descobrindo o prazer, se entregou de tanto amor depois do gozo, e o assustou, eu te amo tanto, Rafael, quero ser sua só sua. Não foi. Só ouviu o ronco da moto dizer adeus. Ainda bem que o véu não caiu mais tarde.

Ela pega o celular. Clica na foto de Júlia. Ela parece tanto comigo, os olhos castanhos meio esverdeados, o sorriso e o nariz pontudo, tão bonita, mais bonita do que eu era. Há algo que eu nunca tive, mas não sei o que é. Alguma coisa leve, talvez uma transparência, um elemento sutil nas maçãs marcadas do rosto e na pele fina. Tudo num brilho único dos olhos e do sorriso, um brilho que não precisa fazer qualquer esforço pra revelar sua claridade. A luz se solta sem qualquer vontade de se prender. É a mesma luz inocente de quando a mãe olha pro céu do quintal de casa, mas o que sai do espelho é um grande esforço pra segurar algo que sempre quis se soltar, quem sabe uma luz, se pudesse chamar desse jeito, mas uma luz escondida embaixo de terra. Existe essa luz lá, bem no fundo do buraco, bastaria passar a mão, retirar toda a sujeira de cima e essa luz assim para o ar com os seus sentimentos puros e perfeitos, o seu grande sonho.

Ela aperta o celular contra o peito, abraça a foto de Júlia. Lá do fundo da cova, uma voz fraca que somente ela pode ouvir: minha filha! Um eco que sempre quis soprar.

O choro vem devagar, o vazio da cova se enche de pó, uma matéria seca e densa, até soterrar todo aquele ódio. O ódio com um gosto áspero, impregnado de chão.

A mãe caminha pela grama que nasce sobre a cova e olha o quadro de Jesus Cristo em cima da cabeceira da cama: o gosto do ódio que sente de Deus em segredo.

Ela pensa em jogar todos aqueles santos no chão, descartar as imagens junto do livro que separou a família, talvez nunca mais ir à igreja, nunca mais rezar. Ela passa as mãos no rosto. O que queria naquele momento, amar Júlia? E ela agora, mãe de uma mulher transexual? Mãe de travesti? Prefere continuar a dizer o mesmo de sempre: que morreu.

A morte sai da boca como um sopro fresco de alívio, uma folha de hortelã sendo mascada. Uma mulher boa, fiel aos mandamentos, as mãos untadas de óleo sagrado prontas pra preparar os bolinhos de Deus e arrecadar o dinheiro da igreja.

Ela ajeita o cabelo e faz o sinal da cruz. Abre todas as janelas. Fazia tempo que a casa não se iluminava tanto. Vai até o quintal e colhe vários botões de rosas cor-de-rosa pra colocar no vaso. Repara num botão murcho. Como murchou tão rápido. Que engraçado isso, acabei de cortar e já murchou, ou será que não percebi? Ela joga fora.

A luz da sala deixa o vaso na sua mais completa e tranquila beleza. Que lindas. O tom rosa, tão clarinho, quase branco. Quando abrir acho que ficarão branquinhas, as rosas. Ai, ai, nunca vi coisa mais perfeita! Como sou distraída, deixar o feijão queimar desse jeito. Bobagem. Já já eu boto outro de molho. Mais tarde eu cozinho e comemos no jantar. Ainda tá cedo. Onde eu tava com a cabeça, como sou boba! Deixa eu levar esse lixo pra rua. Vou tomar um banho bem longo depois. Depois de tudo pronto. Tudo! Vai ficar tudo lindo. A *nossa* casa, tão linda. Que bonita a *nossa* casa.

Ela pega uma vassoura na cozinha. Liga a televisão no último volume. Santa mãe Maria, nessa travessia, cubra-nos teu maaanto cor de anil. Canta as músicas do canal religioso com louvor enquanto varre a casa. Ah, que felicidade! O louvor, a doutrina, o amor, a devoção a Deus, a vida eterna na casa do

Senhor: a resposta à pergunta de Júlia: o que a senhora ganha com isso?

Ela abre o álbum, retira uma fotografia. Pega um porta-retratos, arranca a foto do falecido cachorro e troca pela outra. Dá um beijo. Ah, ah, ah, vêêê! Ma, ri, ih, ahhh!

Meu filho! Que lindo.

Ela solta um bafo quente no vidro. Segura a camisola e lustra. Leva até o quarto e deixa do lado da cama, na mesa de cabeceira. Quer ver todos os dias ao acordar e ao dormir. Acende uma vela. Os santos agora todos em cima da mesa da cozinha, Santa padroeeeeeeira do Brasil, ela cantando com tanta fé as aleluias. Vou continuar o crochê pro padre depois, vai ficar tão lindo junto do cálice.

Ela umedece uma toalhinha branca com água e se acomoda à mesa. Tira o pó de todos os vincos,
dos pés,
dos mantos,
das mãozinhas.

Limpa cada um dos santinhos que tem.

Lustra com uma perfeita religiosidade, como nunca havia feito e como fará por todos os próximos dias de sua vida.

SEIS.

A toalha verde e a pele eram quase as únicas cores naquele banheiro. Azulejos e piso exibiam um tom branco sem vida. Sobre o chão repousavam o secador de cabelo, prancha de alisar, cremes, uma certa organização no meio da bagunça. O box de plástico fosco, quase desmoronando, ocultava quem tomasse banho sob o chuveiro elétrico que pingava uma gota gelada e detestável, gota que só surgia durante o inverno. O espelho de aro metálico refletia a imagem de Luana que passava as pontas dos dedos pelo queixo e pelas bochechas buscando encontrar algum pontinho áspero a ser arrancado com a pinça.

Pronto, agora sim. Quero ficar bem linda hoje bem destruidora, vou fazer uma surpresa. Colocar aquele colar que comprei na Benedito Calixto fazer de conta que é uma festa. Depois aquele vestidinho bafo que ele gosta tanto, o preto, preto com rendas mas não dessas rendas feias e bregas, é renda bonita mesmo, importado. Foi ele quem me deu, trouxe da Itália. E quando ele for tirando devagarinho puxando pra baixo ah mente pervertida! vem que nem flecha, tão rápida essa mente. Deus me livre de ser santa. Prefiro ser desse jeito mesmo que nem esse espelho, olha só isso tá uma nojeira todo manchado o espelho, ai espelho espelho meu o que será que ele tá fazendo agora?, daqui a pouco dá o horário pra ele sair do trabalho, ele descendo o elevador com aquele terno dele cinza, geralmente é cinza, o cabelo bem penteado todo branco quase, aquela camisa já meio desabotoada a gravata afrouxada os pelos saltitantes, tão peludinho o meu benzinho, aquele meio do peito só de pelos brancos, os pretos em volta, outro dia falei que tinha um formato de coração esse meio branco e tinha mesmo, fiquei beijando aquele coração me dá esse coração ele é só meu de mais ninguém e ele ria aquele bobão, bom que ele apara um pouco senão fica que nem um urso um ursinho de pelúcia o meu ursinho, macio que nem uma almofada, dá vontade de abraçar deitar a cabeça naquele peito fofo fazer um ninho morar ali mas só quando ele tá cheiroso quando tomou um banho, de cabelo lavado e tudo e eu sempre peço que ele use condicionador, o cabelo fica como seda, eu passo os dedos e ele cai meio de lado amor você não disse que a gente ia morar junto um dia e aí ele me chama de amorcito com aquele sotaque bonito dele aquele sotaque de gringo, o meu daddy fica tão fofo falando português, adoro quando ele me chama de amorcito. Amorcito amorcito amorcito calma amorcito tudo no seu tempo tô vendo um apartamento pra você eu te quero amorcito. Tudo é amorcito. Ai Luana sua tonta você tá apaixonada é?

Ela ergueu o cabelo num rabo de cavalo. Ficou irritada com a testa grande e os dois triângulos querendo se formar nos cantos. Orientou os cabelos do jeito de sempre, pra baixo, escondendo as marcas da testosterona. A música que vinha da sala agora havia mudado, sabia a letra de cor. Cantou inteira enquanto passava base no rosto. A sombra prateada cintilou os olhos. Colocou cílios postiços e finalizou com um gloss que refrescou os lábios grossos. Gostosa, sorriu e enviou um beijo pra si mesma. Virou de perfil e levantou o ombro. Lembrou de como seu sorriso era uns anos atrás e como tinha mudado. Soltou a toalha no chão, oops!, virou o rosto pro espelho maior atrás da porta: a bunda avantajada que Márcia havia feito.

— Luana! Vai logo!

Meteu apressada o delineador dentro do estojo rosa e colocou no chão. Sentou no vaso pra fazer xixi, mesmo que pudesse fazer normalmente em pé, desde criança sentava, tão mais higiênico, o ódio que mãezinha tinha quando os primos e os tios chegavam e mijavam na tampa da privada os pontinhos amarelos nela. Tinha que limpar com papel higiênico ou forrar que nem a gente faz no banheiro público até o dia que a mãe arrancou a tampa da privada e levou até a cozinha, olha que pouca vergonha um homem desse tamanho e não mira direito tem o pau torto é? Depois proibiu todo mundo de mijar em pé. Só homem que faz isso travesti não é porca desse jeito. Devia ser lei. Ah mamãezinha vou levar essa lei adiante pra sempre vou sugerir um decreto todo homem por lei está obrigado a urinar sentado. A vida não seria tão melhor assim? Tão mais limpa sem pingos dourados na tampa da privada? Essas minhas unhas rosas dos pés um dedão cabeçudo e grande queria tanto ter me hormonizado mais cedo. Se eu pudesse fazer um desejo que fosse desejaria ter pés tão femininos e pequenos desses de propaganda de sandália bem mapô, imagina só eu ia ficar viciada em comprar sapatos ia gastar todo o meu acué só com isso. Deve ser coisa de Deus mesmo que não dá noz a quem tem dentadura ou seria o contrário dá noz a quem não tem dentadura? Sei lá o problema são os pés enormes não tem sapato que sirva mas fazer o quê pelo menos tenho pés, são grandes mas são femininos, se fossem pequenos com essa minha altura de modelo eu ia levar vários tombos ia cair de lá pra cá e aproveitar pra cair nos braços do meu daddy ah o meu daddy, vou pintar as unhas de vermelhão da próxima vez só porque ele gosta bem piranha que eu sou. Eita! O papel higiênico já tá quase no fim ainda bem que fiz o número um.

    Levantou, vestiu a calcinha apertada, ajeitou tudo dentro. Alisou os peitos. Lembrou de quando era reta como uma tábua e riu, balançando a cabeça como se estivesse caçoando daquela Luana antiga. Deu alguns pulos. Adorava a sensação dos peitos fazendo puf puf. Eu queria maior mas foi o que coube né fazer o quê, mas são tão lindos os meus peitos os bofes amam principalmente o meu daddy, vou até mudar a música em homenagem a ele depois. Quero escolher uma pra um striptease. Pode ser aquela daquela banda antiga ele ama músicas antigas ele é antigo né, qual era mesmo, Durão Durão a mãezinha ia falar, ela mudava tudo pro português. Agora já lembro dos nomes só por causa dele, olha amor me assiste agora que vou dançar só pra você a música do Duran Duran, não melhor não, eu vou colocar a música quando ele estiver distraído não vou dizer nada e vou começar a dançar bem sensual bem sensuelen assim desse jeito os braços jogados no ar como ondas que nem uma odalisca. Ele vai se apaixonar como nunca, vai largar aquele computador e vai vir atrás de mim implorando pra gente morar junto, ele vai me amar tanto quando perceber que eu aprendi direitinho tudo o que ele me ensina.

 Ela se enrolou na toalha verde, pegou o estojo rosa do chão, caminhou até o espelho grande pregado na porta. Virou pro outro lado e deu um tchauzinho. Mandou um beijo. Luana! Aqui Luana! Ela se virou novamente, apoiou a mão no peito, oh! Colocou a mão na boca, soprou um beijo pra eles. Luana! Luana! Uma palavrinha por favor! Sim querido? Você pode nos dizer quem você está vestindo hoje? Ai amore é um Christian Dior bem basiquinho. Como você define o seu look Luana? Hmm é uma coisa meio princess-sexy sabe, tem uma elegância uma sofisticação mas também uma sensualidade, ele mostra parte do corpo mas nada muito vulgar. Apesar de ser um tomara que caia ele traz um colo bonito. E a bolsa? A bolsa é uma chanelzinha rosa uma bobeirinha mesmo uma coisinha um mimo um brilho básico. E a joia? A joia eu esqueci a marca I'm so sorry! Luana se você fosse um desenho quem você seria? Hmm acho que algo tipo as meninas superpoderosas uma coisa meio docinho assim eu sou um docinho né. E o novo visual do próximo trabalho, você vai mesmo encarar? Bom ainda tô pensando se continuo morena e uso uma peruca é aquela história né gato eu já fui loira pro último filme mas também gosto do cabelo moreno, é básico e fácil, uma coisa assim dia a dia day by day não é mesmo, não tem mistério mas não sei se ruiva... a série pede ruivo, talvez mudar um pouco quem sabe. Você já pensou em deixar de alisar Luana? Parar de alisar querido? Estás louco? Ela caminhou pelo tapete vermelho, virou, segurou a bolsa na frente do corpo. Eram muitos flashes. Enviou outro beijo. E você continua solteira? E os boatos sobre Lázaro Ramos? Somos apenas bons amigos. Então são boatos? Ela levantou a mão e virou o rosto, num sinal pra que parassem de falar. Por favor nos fale sobre a sua próxima novela! Luana! Mais uma pose por favor! Pros seus fãs!

— Porra, Luana! Abre essa porta! Tô atrasada!

A amiga pegou a escova de dente impaciente e reclamou que Luana não abria a porta do banheiro há mais de dez anos. Que saco hein Júlia, reclamou Luana que não podia nem tomar banho em paz, também tenho um compromisso mais tarde gata. Vou encontrar o meu daddy espanhol. Júlia cuspiu a espuma branca e riu, aquela maricona? Luana olhou o esmalte da unha, tá boa querida? Ele me ama.

O cabo da escova todo vermelho por conta do batom, sei bem o que ele ama. Júlia fez um gesto malicioso com a escova na boca. Luana ignorou aquela cena obscena com os olhos nas unhas, as sobrancelhas erguidas. O espanhol a levaria pra um restaurante nos Jardins e quem sabe San Sebastián de férias em agosto, agosto é verão por lá. A amiga gargarejou e cuspiu, não fazia ideia de onde ficava esse tal de San Sebastián.

Luana raspou o esmalte nos dentes pra tirar o rosa que estava craquelado. San Sebastián era uma cidade do Norte da Espanha, mas precisou olhar no mapa, se sentiu burra, mas o ideal é fazer a pêssega, bem sonsa, eles amam, adoram se sentir mais inteligentes,

— estudei na escola Marilyn Monroe em UK.

— Marilyn Monroe era americana, sua tonta. Aliás, Luana, você nem gosta de filme antigo.

Luana toda cheia de sátira que existia sim uma filial daquela escola em Londres e que gostava sim de filmes antigos. Só porque não assisti com você não quer dizer que não gosto. A propósito pro seu governo eu tenho visto vários filmes em preto e branco porque o meu daddy ama.

— Sei, a senhora vive nesse celular conversando

com macho.

— Tá boa Júlia? E como é que a senhora escova os dentes depois de passar batom mulher? Olha aí a escova toda vermelha borrando a maquiagem.

Júlia cuspiu e virou pra amiga, porque a senhora não saía do banheiro nunca!, colocou a escova no copo, pegou um pedaço de fio dental.

Luana toda graciosa que pretendia pedir algo importantíssimo pro daddy, eu tava me arrumando preciso ficar bem linda hoje, e contou sobre o pedido que precisava fazer, mas a amiga tinha dúvidas se o daddy aceitaria.

— Será que ele vai dizer sim Júlia?

— Você vai ter que se virar sozinha que nem eu.

Júlia pediu emprestado o colar de pérolas, mas a amiga ia usar mais tarde, pois ficaria perfeito junto do vestido preto de renda. Sugeriu que Júlia trocasse o batom vermelho por um nude, muito mais harmonioso com aquela sombra.

— Esse batom não ficou bom gata.

Luana pensando o tanto que a amiga é cafoninha, as maquiagens estranhas, batom vermelho com sombra azul pelamordedeus colarzinho? Bem do interior mesmo esse erre puxado senhor parece que vai dançar quadrilha com essa make. Toda cagada a coitada e ainda quer colocar um colar de pérolas. A cara da Dona Joana a síndica quando vai à igreja adora essas sombras coloridas, se colocar o colar vai ficar uma velha igual só falta o vestido até o joelho. Ainda bem que ela é bonita senão tava perdida.

Ai meu Deus a minha amiga aqui na minha frente e eu gongando ela.

Júlia disse que ia trocar o batom e pediu que a amiga colocasse comida pro gato, não sabiam onde estava o bicho, devia estar na cozinha deitado no azulejo morrendo de calor, o coitado. Engraçado ele nem estranhou a casa nova, né, Luana? Tadinho, devia de tá morrendo de medo da outra gata, a G.H.

Luana quis saber onde estava o CD do Duran Duran que ela tinha ganhado do daddy, mas a amiga nem sabia que ela tinha aquele CD, talvez lá no quarto dela mesmo ou em cima do aparelho de som na sala, sugeriu que comprasse aqueles aparelhos de mp3 mais práticos, ou melhor ainda, que pedisse um importado pro daddy, aqueles chiques que cabem mil músicas, ver vídeo, o que seria uma ótima ideia, mas antes Luana precisaria pedir outra coisa bem mais importante. Júlia fez outro gesto obsceno, orientou a amiga a fazer aquele agrado no espanhol, algo que ele amava tanto. Luana inconformada tapando os olhos, não queria lembrar. Hein, Luana? Aposto que ele te dá o que você quiser, o seu aniversário tá chegando, pede de presente, aproveita que a senhora tá ficando velha.

— Oxe! Tá boa? Vou fazer vinte e quatro querida dois a mais que você. Aliás vê se troca esse batom.

— Anotado, gata.

SETE.

Luana foi pro quarto. O sol quase a se pôr, mas dava pra assar um peru ali. Mal saiu do banho e já suava como uma cadela no cio. Eu sei que a Marilyn era americana se suicidou a coitadinha e era tão bonita. A tonta da Júlia acha que não sei das coisas eu só me confundi. Ela pensa que sabe de tudo. Outro dia quis me ensinar a escrever depois de ler um bilhete meu. Eu falei pra ela escuta aqui meu bem minha mãe era professora a senhora acha que eu não sei o que é vocativo querida? Eu uso quando eu quero. Pois outro dia ela riu porque eu falei dir-lhe-ei. Explicou que ninguém fala assim. Eu disse pra ela Júlia minha filha isso é mesóclise coisa fina aprenda comigo. Ficou com cara de tacho a bobona aprendeu comigo.

    Ela abriu a gaveta da mesinha e retirou a caixinha de joias. Dentro dela o saquinho de veludo. Deixou cair na palma da mão o colarzinho de pérolas. Eu sempre quis ter um colar de pérolas. Tão precioso o colarzinho. Sei lá se são verdadeiras a mulher disse que eram. Fico imaginando quem é que usou antes de mim uma senhora rica só pode aquelas baronesas de antigamente que usavam aqueles vestidões largos espartilhos espremendo as costelas se abanando com um leque de renda. Chique. E se eu começasse a usar um espartilho, poderia afinar mais a cintura, tem uma amiga que dorme com ele tá melhorando me contou, melhor do que tirar a costela que nem aquela outra lá fez, se bem que a cicatriz é pequena e nem aparece mas a mona já fez tanta plástica a coitada toda montada só falta fazer plástica no edi será que existe?

Ela prendeu o colar no pescoço, girando uma das pérolas nos dedos. Caminhou até o espelho. Se a mãe tivesse viva eu ia dar pra ela de presente, ela ia usar com o lenço bonito na cabeça, o turbante vermelho tão poderoso. Ô mamãezinha por que a senhora se foi tão cedo minha rainha. Imagine se ela me visse hoje desse jeito será que ia me reconhecer, dizem que as mães sempre reconhecem. Aquela voz que ela tinha se tivesse treinado ia ser uma bela duma cantora. Eu botava aquele vestido dela o lenço vermelho na cabeça mãe mãe! eu sou uma princesa africana! e ela ria, isso não é coisa de menino, até que desistiu, percebeu que não tinha jeito mesmo nunca tem né, vem de fábrica no sangue. Mais mulher do que eu ela ia dizer hoje. Ah se brigassem e falassem algo deixa o menino brincar! é criança! e o meu tio saía resmungando. Ele que me levou pro orfanato quando ela morreu, casa da Criança Feliz que de feliz não tinha nada. Nunca mais ouvi falar dele. As pessoas somem né, o tanto de gente que pensa que eu sumi, o que será que aconteceu com o filho da Neusa aquele mariquinha, imagine só eu passando bem bonitona do lado dessa gente eles nem imaginando que eu era aquela bichinha que gostava de dançar funk rebolando daquele jeito. E o pessoal do orfanato aqueles meninos tontos eu queria que me vissem hoje tão gostosa e linda graças a Deus fugi e fui parar na pensão das irmãs.

O suor nos cantos da testa a levou até o ventilador no chão, sentou na frente dele, os cabelos pretos esvoaçando, ai ai uma delícia o verão! queria mergulhar numa piscina agora, mergulhar numa piscina com o meu bofe ele com aqueles olhinhos pequenos e caídos dele o nariz grande aquela carinha de rato, eu e o meu ratinho tomando sol enquanto a gente ouve Rita, imagina só seria tudo ir num show dela, *de tanto a gente se beijar, de tanto imaginar... loucuras. A gente faz amor por telepatiahhhhhhrrrrgggiónn.* Ela gargalhou da voz robótica e estremecida que saiu do outro lado do ventilador. Levantou, jogou a toalha molhada na cama, deu um tapa na própria bunda e foi de calcinha até o guarda-roupa, quem provou gostou!

Vestiu o vestido de renda preto e fechou o zíper de trás, acho que vou fazer um rabo-de-cavalo deixar essas duas mechas de lado pega-rapaz que fala, será que coloco um salto, quem sabe a sandália preta bafo aquela cara.

Sentou na cama, o celular que estava na mesinha: *Meu amor, hoje não poderei te encontrar. Ela está no meu pé, deve estar desconfiada.* Filho da puta! Depois de me maquiar toda! Eu deveria cobrar pelo tempo perdido me arrumando não vou nem responder. Quando dou um gelo ele aparece mais generoso. Deixa ele lá com aquela sonsa os dois sonsos sentados no sofá, fazendo quê?, vão ficar vendo televisão vendo novela sem olhar pra cara um do outro.

Luana agora deitada na cama resmungando o que diria ao cliente até a amiga entrar no quarto. Ué, se não vai mais encontrar o velhote, me empresta o colar.

O colar ainda no pescoço de Luana, colarrr tão delicado o colarrrzinho, a Júlia é bem capaz de arrebentar você e ah se ela te arrebentar e perder essas pérolas preciosas cair tudo que nem lágrimas no chão não não vou chorar dessa vez não. E se ela te estragar eu vou fazer ela pagar outro, vai ter que me dar o valor de um programa que ela faz olha lá ela a cara da dona Joana, nem trocou o batom senhor, eu mandei passar o nude ficou parecendo uma velha podia dar as mãos pro meu daddy os dois velhos aquele besta que ódio dele.

Luana desabotoou o colar e deixou cair nas mãos da amiga que perguntou se ela estava triste. Por causa daquele velho? Lógico que não Júlia. Amanhã mesmo ele volta todo melindroso. Explicou que ia aproveitar a maquiagem feita e dar um pulo no mercado, precisava comprar papel higiênico e miojo, afinal, não ia mais jantar fora e não havia nada na geladeira. Júlia toda carregada no deboche, quis saber se a amiga precisava mesmo estar toda maquiada pra ir ao mercado, montada daquele jeito e Luana já sentando na cama e explicando que não colocava os pés na rua sem maquiagem.

— Louca. Você não queimou todo o chuchu do rosto?

Os ares provocativos daquela pergunta pelo quarto. Luana irritadíssima, não me enche o saco Júlia!, a raiva do velho, mas ainda lembrando das queimaduras do laser na cara e as piadas da amiga durante o processo doloroso. Júlia prendeu o colarzinho, mas já pensou em jogar de volta na cara da amiga e dizer que não quer mais nada dela emprestado.

E Júlia, agora ainda mais lasciva, nossa, gata, só porque o velhote te deu o cano tá aí toda grossa, tá apaixonada, é? Comentou sobre os conselhos de Luana pra não se apaixonar por um cliente, mas agora estava Luana ali, brava por causa de um simples elogio, o rosto dela ótimo daquele jeito, não precisaria de maquiagem alguma.

— Elogiando? Você vivia tombando com a minha cara só porque eu arrancava tudo com a pinça. Vai lá encontrar o seu bofe e me deixa em paz!

Júlia parada ajeitando o colarzinho,

— se você não fosse travesti, eu ia falar que tá de chico. Deixei uma pontinha ali na mesa da sala, por que você num dá um trago e espanta esse espírito gelado que te atacou?

Júlia revirou os olhos pra amiga, que soprou uma bitoca pelo ar,

— ah boneca eu sou igual uma rosa chegou muito perto eu espeto mesmo!

Luana ouviu o barulho do elevador antigo fechando as portas, calçou os chinelos de dedo e foi até a cozinha colocar ração pro gato. Saiu de casa e desceu. Cumprimentou o porteiro sentado atrás da escrivaninha, deu boa tarde pra síndica que varria a calçada, elogiou o cabelo novo da mulher dona da banca de jornais. A amiga entrava num táxi. O mercadinho ficava do outro lado da rua. Atravessou. Era escuro, antigo. Como as coisas continuavam limpas naquele lugar e nunca tinha visto uma barata por ali? Um cheiro de coisa guardada, havia até alguns produtos empoeirados. Passou o dedo pela embalagem de plástico, limpou a ponta no vestido e pegou outra embalagem que não estava suja, verificou a data de validade e enfiou dois pacotes de miojo na cesta. Num corredor ela encontrou o papel higiênico. No outro, agachou a fim de alcançar uma caixa de bombom. Uma senhora se virou curiosa, pediu ajuda com algo na prateleira de cima. Luana entregou a lata de leite condensado. Os olhos pequenos da mulher quase escondidos pela quantidade de rugas, você é tão alta. Luana sorriu, há tempos não interagia com uma velhinha simpática e não levou muito tempo até perceber no rosto da senhora um ponto específico, mais especificamente ao redor do queixo, chamou a atenção. Havia uma verruga. A senhora sorriu mais uma vez, esperando Luana dizer algo. Seria até normal, mas Luana se sentiu desconfiada com a verruga cheia de pelos, uma velha tão fofa com uma verruga peluda?

    Na fila do caixa a moça passando apressada as compras dos clientes. As mãos pequenas e magrelinhas tão delicadas mas nem passou um esmalte nas unhas, o cabelo todo desgrenhado coitada sem nenhum rímel no olho só por Deus, que bofe ia querer essa mapô? O moço da frente fez uma graça, disse que a moça do caixa era rápida demais e ficou todo atrapalhado com as compras passando pela esteira naquela velocidade. A moça deu uma risadinha safada, veja só essas mais magrelinhas e retas são as mais piranhas mapôzinha cheia das graças eu aposto não sabe nem fazer um boquete direito. Luana pegou a sacola e voltou pra casa.

OITO.

Na mesinha da sala, a ponta. Luana sentou ali junto do rádio e da televisão cansados de serem os únicos objetos. Acendeu, colocou os pés no sofá e deu um trago. Vou ficar triste por um velho babão? Um mulherão desses. Tudo bem ele é o meu passaporte europeu e acho que se eu pedir de novo dessa vez ele vai me ajudar com aquele meu sonho, ai ai e tá tão perto de se realizar não vejo a hora e eu sei que ele gosta de mim e tudo mas não vou ser feita de trouxa não mesmo. E quando o dia chegar ah vai ser tudo perfeito, mas será que ele vai implicar? Vai ver é melhor eu responder a mensagem dele mais tarde fingir que não fiquei brava.

Hum que que é isso aqui quem deixou essa revista largada no sofá ai que gatinho lindo e essa mulher da capa hein, eu conheço ela de algum lugar. Gente mas olha isso que coisa é a escritora que a gente encontrou. Engraçado ver alguém da vida real na capa de uma revista. E a Júlia tá agora toda interessada nessas coisas de livros e poetas escrever poesia, não faz muito tempo ela queria ser pintora comprou um monte de tinta tela pra desenhar e depois largou tudo na semana seguinte, enjoou. Geminiana né o tempo todo mudando fazendo coisa diferente, deve ser uma fase nova daqui a pouco vai querer ser atriz ou chefe de cozinha. Doida. Quem é que vai se interessar por essas histórias que ela escreve tão sonhadora essa minha amiga, uma Alice a coitada mas uma coisa é certa ela fica destruidora quando senta na cadeira na frente da escrivaninha dela, coloca os óculos abre um livro. Diz que odeia óculos, que fica parecendo homem mas quando tira não enxerga direito e além de escrever agora enfiou na cabeça que quer aprender alemão morar em Berlim, tudo por causa daquele boy alemão que ela conheceu mas que nem dá bola pra ela, tadinha da minha amiga vive sonhando. Morar naquele frio, mil vezes a Itália, várias conhecidas já foram e tão arrasando por lá, eu ia aprender italiano, ou Espanha até meu daddy disse que Barcelona é uma ótima cidade e que eu ia amar a culinária de lá, fomos outro dia num restaurante ele queria que eu comesse paella uma delícia aquele camarão todo. E a Júlia falava de Barcelona agora quer Berlim eu hein cada hora quer uma coisa aposto que o ascendente também é em gêmeos.

 E isso aqui quanta coisa sem graça nessa revista é cada uma. *O impasse, a curiosidade, a estranheza e a escolha nunca fácil entre ser inteligente ou bonita.*

E existe mesmo uma escolha? O que é mais importante, ser considerada bonita ou inteligente? Pergunta mais boba esse pessoal escreve cada coisa prefiro ler um livro mesmo mas faz tanto tempo que não abro um, a minha mãe tinha tantos que saudade desse tempo, a gente sempre lia, até as revistas de fofocas dava umas risadas ficava sabendo dos babados dos fervos quem matou fulano na novela quem é a namorada nova de ciclano tudo sobre a traição de algum cantor famoso e as dicas de que tipo de roupa usar qual não usar como hidratar o cabelo várias coisas de beleza pra se montar e ficar bem boneca, mas essa beleza que eles falam qual será que é? A de dentro ou a de fora? Mano já tô toda chapada não consigo nem ler, essa é das boas, imagina a vergonha se eu tivesse em público eu ia pagar vários micos, outro dia encontrei uma conhecida e ficamos conversando sobre as manas da pista eu falei que fulaninha usava umas roupas fora de moda e quando reparei a gata usava o mesmo tipo de saia, fiquei com tanta vergonha e me senti tão ignorante e eu nem tenho tanta roupa assim, igual a uma barata, a barata diz que tem sete saias de filó é mentira da barata ela tem é uma só, uma vergonha, só por Deus, ai essas palavras se perdendo nos pensamentos cheios de dúvidas dá uma vontade de agarrar tudo com força mas elas vão embora que nem um grilinho pulando e se enfiando no mato verde desaparece rapidinho por conta da cor do bichinho ah é, será que a beleza de fora é tão importante, será que é tudo na vida? Bom essa eu tenho de sobra mas a de dentro eu também tenho muita, uma belezura de um caminho, um caminho todo torto e lento, nossa dói só de pensar mas chega a ser vivo, a gente chega viva, pelo menos algumas. Dá pra sentir as pedras, sente porque anda descalço e elas machucam os pés que ficam cheios de olho de peixe nas solas, tanta pedra pontuda mas devem ser essas pedras que ajudam a formar esse caminho, é possível enxergar tudo acontecendo embaixo do nariz sentir as mudanças na pele que vai ficando cada vez mais macia o seio desabrochando o corpo sensíííível que nem uma antena cada pelo levantando como uma e captando cada toque.

Também tem a mudança da mente a gente começa a pensar de outro jeito sei lá e depois ama, ama tudo que acontece e esses acontecimentos, será que um cientista ia conseguir explicar melhor do que eu mesma? Essa rua cheia de purpurina, rua de mão única a gente caminha que nem uma modelo na passarela e essa passarela brilha e vai formando uma geografia tão nossa e tão distinta como uma impressão digital, como um mapa mesmo, que nem aquele bicho do pé, o meu daddy me disse outro dia ele pegou no norte do país chama bicho geográfico doença de gente rica que viaja até o mato, eu ri tanto desse nome geográfico nome tão bonito pra uma larva bonito demais pra uma doença de pé.

Eu converso tanto com o meu daddy e ele me contou que o inseto vai criando caminhos uns formatos um mapa muito único como os que se cria vivendo, seria mais fácil ter nascido bicho mas bicho não conta uma história nem mesmo um geográfico, o mapa fica marcado na pele mas quem consegue ler aquela informação senão a própria larva, eu pelo menos posso explicar essa minha própria geografia esse mapa da minha vida eles não, quando contam esse tipo de história nem mesmo perguntam e quando tentam contam tudo errado então deixa eles tentarem, eu pelo menos consigo contar tudo do meu jeito, meio doido mas consigo, só que tudo verdadeiro, seria mais fácil contar se eu tivesse estudado mais, queria ter feito faculdade ter aprendido inglês, pelo menos eu terminei o colegial, nem isso as manas conseguem.

A vida faz a gente cometer uns erros dá vergonha só de pensar mas uma coisa eu sei acho que li num livro, o verdadeiro não tá no começo nem no fim, ele tá no voo, não existe um momento certo nem o jeito ideal, o importante é fazer, é se deixar voar e fazer de tudo até conseguir o que se quer, é a coragem de ir até o fim, é isso, agora é que eu me vejo em mim. E esse voo esse negócio fazendo a gente enfrentar tudo, cair levantar ficar com o corpo cheio de cicatriz, toda essa vida não seria um tipo de inteligência?

Quando eu era criança inteligência era tirar A. Uma vez tirei um A em ciências e a mãezinha ficou tão feliz deixou a prova na geladeira de enfeite eu queria tanto dar orgulho, como era difícil estudar, eu passava o tempo todo tentando entender o que vinha de dentro, como é que vai entender o de fora esse monte de número fórmula gramática e geometria se nem o de dentro a gente conhece. Não conhece nem as minhocas da cabeça. As minhocas minhocando aqui dentro sem conseguir entender nada, vai sobrar tempo? Os ligamentos que não se encaixavam eu achava que tava tudo errado e no final era só ligar os pontos.

Se não tivesse nascido travesti não sei o que teria sido de mim, talvez perdida achando que impeachment é algum tipo de pêssego em inglês ou alguma coisa que se faz no dentista e nem passaria pela cabeça como se torna uma mulher como eu.

Ai meu pai por que o Senhor me deu essa vida tão maluquinha! Uma avenida larga cheia de carro pra mesma direção mas a gente toma a ruela errada. Viver no erro tem um mistério. Uma delícia ser misteriosa! Misteriosa *and* gostosa. *Desconfie das facilidades!* Facilidades ou felicidades? Tudo que vem fácil vai fácil ou tudo que é feliz demais pode ser passageiro?

Ai a vida. O canudo na boca soprando o copo e a espuma escorrendo pelo queixo. A vida é tão frágil que nem a estrutura de uma bolha mas a casca travessa é grossa como a de uma árvore. Eu ali dentro daquela bolha da minha infância, a estrutura fina tão fácil de sair e viver como deve ser vivido puft, só estourar e largar o círculo de espuma. A travessura contornando o meu corpo, a mãe brava mas no fundo aceitando preocupada a minha meninice e logo ajeitando a flor na minha cabeça. A minha coroa que ela colocava, o nosso amor de hibiscos perfeitos.

    Santo Deus como estou reflexiva! Louquíssima do edi, só pensando besteira ainda bem que esses pensamentos são só meus a Júlia ia caçoar demais de mim ia ficar me gongando aquela safada. Meu edi pra ela. E se eu fumar mais essas ideias vão ficar ainda mais loucas? Isso vai é me embrulhar o cérebro.

    Pois é, não deu conta. Luana quis deixar mais pra depois. Adormeceu ali no sofá até acordar com fome. Ferveu água e cozinhou dois miojos dentro de uma chaleira. Percebeu que precisava comprar umas panelas. Quando terminou de comer, ela pegou um bombom sonho de valsa, abriu a casquinha de chocolate pelo meio, mastigou uma das partes, o recheio de amendoim e a outra casquinha. Fez isso com mais um bombom até ouvir o barulho da porta. A amiga reclamava da nojeira com o último cliente, sujo e fedido, ia tirar o dia seguinte de folga e ler no Trianon o livro que tinha ganhado.

    Luana desembrulhou mais um bombom com delicadeza, sem olhar pra amiga,

— você precisa é tomar um banho isso sim, tirar essa inhaca do corpo.

    Júlia pensava em pedir um chocolate. Nem me oferece, essa chata, então disse,

— nossa, e você com essa maquiagem toda borrada, parecendo um panda?

    Luana girou o rosto com seu ar sensual, mas ainda sarcástico, deixou claro que aquele não era um dia pra conversas,

— querida não tem como eu parecer um panda porque pandas têm o rosto branco.

Enquanto observava as unhas craqueladas, percebeu a outra retirar o colar,

— então tá parecendo que saiu de um velório, sua grossa! Tava chorando por causa de macho, é?

— Vai cagar Júlia!

Júlia, irritadíssima, eu, hein, vai se benzer, menina! Não quer tomar um passe amanhã? Ela então jogou o colar sobre a pia,

— ó! Tá aqui o seu colar!

NOVE.

Luana colocou o colar no pescoço, se assustou ao ver o gato bebendo água da privada. Ela gritou e o gato correu apavorado. Tadinho tá assustado ainda mas tem água num pote na cozinha. Doido.

    No espelho, viu que parecia ter ido a um velório. O suor havia se misturado com a maquiagem dos olhos. Retirou os cílios postiços, colocou um pouco de sabonete nas mãos e lavou bem o rosto, umedeceu algodão com um pouco de demaquilante, esfregou até os círculos escuros sumirem. Com outro algodão ela retirou o excesso de maquiagem das bochechas e da testa, prendeu o cabelo num coque no alto da cabeça. A força e a esperança eram a nudez do próprio rosto. Do rosto e do corpo. Uma velha com uma verruga peluda no queixo recaía sobre suas disforias mais sofridas e profundas. E então, como já era de se esperar, Luana pôde arregalar mais os olhos. Havia um pelinho que não tinha arrancado. Arrancou.

    Talvez a Júlia tenha razão. Um sofrimento queimar todo aquele chuchu com laser meu rosto todo empipocado dolorido a Júlia rindo de mim aquela tonta, pimenta no edi dos outros é refresco, mas depois de me livrar dos pelos o meu rosto ficou tão melhor. Agora sou uma flor de chuchu só faltam os cachos ao redor da flor. Engraçado tinha tanto pé de chuchu no muro da nossa casa eu vivia fazendo umas bonequinhas com aqueles cachinhos verdes. Vou parar de alisar o cabelo. Ai esses pensamentos é tanta loucura na vida de uma travesti coitadas das pessoas normais que não podem nem pensar como a gente, se soubessem como nossa cabeça funciona, iam amar viver nessa imensa travessura que é.

Eu prefiro sê-êr... essa metamorfose ambulante! eu prefiro sê-êr essa metamorfose ambulante! do que ter aquela velha opinião formada sobre o teu... do que ter aquela velha opinião formada sobre teu edi! Ai meu Deus fiquei tão maluquinha não quero mais ver a cara da Júlia. Vai ver são esses hormônios que ando tomando demais. Um soninho que bateu mas ainda preciso escovar os dentes. E a moça de peitos retos ficou rindo praquele rapaz sem sal. E a velha com a verruga peluda quem me dera poder desfilar por aí com pelo no rosto. A loucura é boa traz vida nesse mundo tão sem graça. Que delícia ser travesti. Vou comprar um armário e guardar essas tralhas. Esse secador, a prancha de alisar, tá uma bagunça esses cremes todos pelo chão.

Bom melhor ir pro meu quarto, o quarto da Júlia já tá todo escuro deve estar dormindo eu hein nojenta nem tomou banho, vai falar que eu tava no banheiro e por isso não tomou, deve ter só se limpado, limpado as mãos que nem uma mosca aquela verde, ela parada passando as mãos umas nas outras depois esfrega os pés, deve fazer isso quando tá cheia de fome, ela fazendo hummm! nham-nham! Que delícia, se limpando pra comer merda, num faz sentido nenhum mas se parar pra pensar ela tem aquele verde tão bonito tão brilhante parece até uma esmeralda, por que será que Deus pintou dessa cor a mosca que come cocô, Deus faz umas pegadinhas. A Júlia já falou que não acredita em Deus porque ele é injusto demais e que o céu não existe, fala com aquele sotaque de interiorana que ela tem com o erre tão puxado, eu tiro sarro dela e aí ela muda mas no Deus eu acredito só no diabo que não Deus me free o diabo é aqui é essa vida louca deve ser isso. Ai eu acho muito estranho quem não acredita em Deus só que a Júlia quando vê um filme de terror fica com medo aquela tonta outro dia algo caiu na cozinha e a bobona ficou morrendo de medo foi correndo ver e tinha caído o abajur e agora só dorme com a luz acesa, eu fiquei com medo mas ela exagera e diz que Deus não existe e aí acendeu vela por vários dias queimou arruda disse que a mãe ensinou, faziam isso lá no interiorrr. Nós duas com medo duas mosquinhas verdes cor de esmeralda e medrosinhas, só não contei que eu deixei o abajur na beirada da prateleira, será que foi culpa minha, mas mesmo que tivesse na beirada não teria como cair. Ai amanhã vou colocar uma flor ali naquela mesa da sala um girassol talvez, deixar esse lugar mais vivo. Que calor pai amado! Vou dormir sem roupa.

O gato apareceu e se esfregou na parede, foi até Luana e passou a cabeça nas pernas dela. O rabo longo, um espanador de pó branco. Ela o pegou nos braços, caminhou até a janela do quarto, acariciou, enfiou os dedos na pelagem branca. Ai mas você já gosta de mim seu fofinho, tá se acostumando rápido com a nova casa e com as suas mamães né, olha que linda a cidade deve ter mais luz do que estrelas no céu, também, com esse tanto de poluição não tem como ver nada. São Paulo é tão grande não vou deixar você sair nunca desse apartamento, qual era mesmo o seu nome neném? Nome mais estranho que a Júlia escolheu, não vou lembrar nunca. Bom deixa ela com as coisas dela eu vou te chamar de Diá igual a gata que a gente tinha em casa, a mãe que deu esse nome. Sabe que vocês até se parecem? Saudade daquela gata. E se você for a Diá vai que você é uma menina hein, você ia ficar lindo com uma medalha de ouro imagina?

Luana retirou do próprio pescoço e prendeu no gato dando duas voltas, abraçou o bicho, que lindo que ficou! Ai seu safado não me arranha não hein, te coloco um puta colar valioso e você faz isso ah mas num é que ficou bonito olha, quase some dependendo da luz quando mistura com esse pelo branco. Calma neném já te deixo em paz não precisa se debater.

Ela soltou o gato no chão e ele saiu pela porta entreaberta. Luana deitou na cama. Um alívio gostoso saiu das narinas. Alisou as pernas, o rosto, virou pro lado pra desligar a luz do abajur. A escuridão se estendeu por todo o quarto até que os olhos se acostumaram e ela pôde ver o contorno dos objetos se iluminando lentamente com o pouco de luz da janela. Riu. E a risada foi se atenuando até formar um leve sorriso de amor: cadela, disse.

DEZ.

Nossa, tá tocando Tribalistas! Júlia empolgadíssima com a música que ouvia tanto quando era criança, começou a cantar, *cuíca gemeu, será que era eu, quando ela passou por mim?* O rapaz retirou o rótulo molhado da garrafa de cerveja, achou bonita a cantoria, falou que também gostava de músicas que lembravam a infância. O livro sobre a mesa, ela amava Caio F., o caderninho laranja com as anotações que surgiam durante o dia, o que o rapaz achava bastante fofo, uma moça que escreve.

— Você vai escrever ou ler algo pra mim um dia?

Quem sabe, ela respondeu. Ela precisava logo voltar pra Berlim, as férias curtas, uma pena não poderem passar mais tempo juntos, tanto assunto sobre a cidade que conheciam tão bem, mas as saudades do gato eram enormes, queria dormir abraçada com ele, pois ele já estava ficando velhinho, dez anos desde a adoção.

— Eu posso miar se você quiser.

Ela disse que ele era um tonto, o sorriso dela indicando o interesse mesmo que precisasse ouvir aquele galanteio chato e sem graça, mas ele era bonito, fazer o quê, e sugeriu que ele fosse até Berlim conhecer o gato. Ele ficou curioso sobre a adoção daquele bicho que agora aparecia na tela do celular. O gato de São Paulo pra Europa. Os dois sorriram, olharam as bocas, os dentes perfeitos dele, o batom vermelho dela, o cabelo bagunçado dele. Foram interrompidos por um visitante que mostrou a mesa onde estava sentado com os amigos, desculpe interromper vocês, mas vocês têm interesse num terceiro?

Júlia sorriu diante daquela pergunta que parecia mais uma brincadeira, ela tinha compreendido a oferta, ao contrário do companheiro com ares de dúvida e ainda quieto. Um terceiro?

— É... um terceiro pra ficar com vocês, e seria eu.

Ela toda singela, explicou que não, mas agradeceu gentilmente a oferta. Aquele era o primeiro encontro deles, não faria muito sentido um terceiro, até porque não havia acontecido nada entre os dois. Tinha virado uma amizade de internet, ele ficava me enrolando, sabe? O casal já se conhecia antes, mas fazia anos que os dois tentavam marcar algo e nunca dava certo, olha que mentirosa, quem me enrolava era você.

O visitante disse que eles pareciam casados ou namoravam há muito tempo. O casal trocou um olhar e sorriu, achou bonito que parecessem tão conectados e harmoniosos juntos. O visitante pediu desculpas mais uma vez, elogiou os dois e desejou boa noite.

— Que cara doido. Mas esse lugar que você escolheu... bem diferente, não?

Júlia comentou que o visitante foi fofo e ainda disse que os dois eram um casal bonito. Quis saber por que ele achava diferente o lugar, se por acaso não estava acostumado a ficar perto dos gays, das drags. Pra ele aquilo era diferente sim, mas no bom sentido, claro, o pessoal descolado, gente de todo tipo. A decoração, aqueles ares boêmios que pouco estava acostumado a ver no bairro onde morava, os guarda-chuvas coloridos no teto, tão bonitos, só as bonecas na vitrine que eram um tanto macabras. Júlia explicou que eram marionetes, o teatro lá no fundo, se ela ficasse mais tempo no Brasil poderiam até ver uma peça. Ele adorou a ideia, achou uma pena que ela fosse embora tão cedo, fazia tempo que não assistia uma.

Era engraçado que os dois não lembravam um do outro, nasceram na mesma cidade, mas nunca tinham se visto quando eram criança. Moravam em bairros diferentes, ele no bairro dos ricos, um bairro com um bando de gente chata, Júlia disse, e ele quis saber se ela não tinha saudades daquela época e da cidade.

— Acho que tenho.
— Acha?

Ele achou curiosa aquela resposta e a moça

agora explicando que sim, tinha saudades, ainda mais naquele momento, ouvindo as músicas da infância, lembrando das coisas que fazia por lá, uma vontade de escrever histórias, escrevia tanto num diário embaixo da árvore, a família dela tinha uma chácara. Acho elegante quem fala chácara, ele disse.

Mas não tinha nada de elegante, uma casa simples que chamavam de sítio, elegante mesmo era ele que, além de morar no bairro dos ricos e estudar numa escola particular, tinha uma casa no Guarujá. Nem é aquelas coisas. Um dia te levo lá, mas primeiro vou te apresentar meus pais.

Júlia já bastante acostumada com aquelas frases, cantadas que nunca se concluíam e não davam continuidade a nada, é engraçado como caímos nos galanteios mais baratos dos homens, ficamos felizes com o mínimo e passamos a acreditar em tudo o que eles dizem, até o momento que o coração já não se machuca mais, a casquinha da ferida está dura, o sangue coagulado.

O rapaz ressaltou que não era como os outros homens que ela tinha conhecido durante a vida e estava ali pra provar. Sei..., Júlia disse franzindo o nariz.

— Aliás, não tem mais sítio?
— Tem sim, não sei por que falei desse jeito.

Eu escutei a falação. Um primo ia vir visitar a gente. A mãe disse que era filho bastardo do tio, eu não sabia o que significava. Você conhece, até brincou com ele quando era mais novo. Ele mora lá na cidade também, mas estuda noutra escola, num bairro longe. Encontrei a mãe dele na igreja, ela falou que ele queria muito passar um tempo no sítio. Ele lembra de você.

Eu não lembrava. Também nem ligava. Conversar com gente que vai caçoar de mim? Já não basta os meninos na escola implicando comigo, agora vou ter que aturar um guri nas férias, aqui no sítio. Pelo menos o meu irmão ficou na cidade. Eu já aguento as merdas dele, da mãe, do pai, coisa de que eu não tenho a voz grossa e nem pentelho pelo corpo. Tem que levar no médico esse menino, nhém nhém nhém. E a implicância com o meu jeito: não mexa muito a mão quando falar, não fale muito alto, tire o dedo da boca, não coloque a mão na cintura. Sem contar o tapa na minha mão pra não mexer muito.

Ai, não dá, um saco. E então eu varava pelo mato do sítio, passava muito tempo embaixo da pitangueira ou subia pra colher pitangas. Comia umas mais verdinhas e azedas mesmo. Não eram ruins, outras eram bem doces, mas elas ficam mais pro alto e os passarinhos sempre pegam.

Eu embaixo da árvore, o joão-de-barro construindo a casinha dele lá em cima, será que o nome da mulher dele é maria-de-barro? Vou chamar ela de suzana-de-barro senão vai parecer Maria do Bairro, igual na novela.

Ficava sentado ali ou ia pro meio do mato catar pinhão. Desenhava no chão com uma vara, fazia casas na areia, cavoucando buracos e colocando cerca em volta com pedaços de pau, vezenquando eu montava uma cidade inteira ou descia até o rio e colocava os pés na água gelada. Tão fria, vem sei lá de onde. Deve vir *lá de longe, de onde toda a beleza do mundo se esconde*. Mas é limpa, pode até beber, na verdade a gente bebe essa água mesmo porque ela enche o poço e vai até a nossa casa, o pai já falou. Tem umas pedras bonitas no fundo, brilhantes, imagina se eu encontro uma valiosa, vou guardar no bolso e juntar na coleção lá na casa da cidade.

É bem mais fácil ficar sozinho, sem a mãe brigando e dizendo que eu devo ficar junto dos homens, quem quer ficar perto de homem? Só falam de coisa chata, de caminhão ou lavoura, em vez de fofoca e besteira que as mulheres contam. Ouvi a tia rindo de quando o homem faz aquilo dentro da mulher, um cheiro ruim que fica, cheiro de água sanitária ela disse, e aí gritaram pra eu sair de lá. Fui na lavanderia sentir o cheiro, um cheiro ruim mesmo credo e quando fui perto dos tios eles falavam de futebol. Coisa mais chata.

E agora eu vou ter que me comportar por causa daquele primo sem importância que deve ser um chato e vai ficar caçoando de mim como todo mundo porque eu sou péssimo em futebol.

Quando voltei, a mãe pediu que eu ficasse junto do Léo quando ele chegasse no dia seguinte. Um menino muito educado, dezesseis anos, quatro a mais que eu, e tava treinando pra ser jogador de futebol e podia me ensinar a jogar bola. A senhora sabe que odeio futebol, ah, mas eu poderia gostar, talvez o Léo me fizesse gostar, por que não? Achei tudo uma grande merda, tudo o que eu queria fazer era ver televisão, desenhar, ler ou escutar música, mas além de me comportar do jeito que meus pais queriam, agora eu ia ter que aguentar um jogador de futebol que só pensa em esporte, não sabe nada de música, não gosta de filmes e ainda me enchendo o saco pra fazer algo que eu odeio mais do que qualquer coisa na vida. Essa merda só me traz amargura na escola.

É um inferno quando parentes distantes visitam a gente, vêm as tias com cara de filme de terror, todas bruxóvicas fazendo alguma pergunta sobre namoradinhas, se eu já beijei na boca, ou algum tio, mas geralmente homem é bem mais sem noção e pergunta se eu gosto mesmo de mulher, se já vi mulher pelada, se tenho pentelho no corpo e se fico com "aquilo" duro. Aqueles homens nojentos falando tudo isso enquanto bebem uma cerveja e comem um pedaço de carne com a boca aberta mastigando e fazendo aquele barulho de chiclete e coçando o meio das pernas com a outra mão, depois cospem e bebem até arrotar. Tudo o que eu acho um verdadeiro nojo e não quero ver e a única coisa que me vem na cabeça é o dia em que eu não precise mais ver esse pessoal com calças caindo e o rego suado aparecendo.

No sábado de manhã, quando ele ia chegar, eu fiz um sanduíche de presunto e queijo com maionese e fui até o meio do campo deitar no capim. Estendi um lençol no chão e fiquei por muito tempo lendo um livro sobre insetos que eu tinha pegado na biblioteca da escola e um gibi imenso com umas páginas de colorir. Vezenquando eu inventava minhas próprias histórias e desenhava os quadrinhos no meu diário, levava o discman e ouvia música no fone de ouvido, ficava olhando o céu sem ver o tempo passar, imaginando como aquelas nuvens já deviam ter passado por outros países onde as pessoas não apontassem os defeitos e nem tirassem sarro da gente, será que existe? Por onde será que já avoaram essas nuvens? O rastro daquele avião tão comprido, aonde ele vai? Vezenquando aparecia um helicóptero e eu gritava abaixa a escada, abaixa a escada, queria que me levassem. Deitava de barriga no chão. As formigas numa fileira, como conseguem carregar coisas tão mais pesadas? Aqui no livro fala que elas carregam vinte vezes o próprio peso do corpo, mas vivem de quatro a seis semanas, só trabalhando, sem dormir. Tadinhas, eu deixava obstáculos no caminho delas, como era saranga, ou ajudava segurando a folha enorme e colocando a coitadinha lá na frente, desmontava, tirava a bundinha com a ponta da lapiseira, eu queria ver quanto tempo sobreviviam, ou usava a lupa. Um monstro maltratando os insetos. Tinha lido em algum lugar que se matar os insetos por gosto a gente pode nascer bicho na próxima vida. Nem liguei. Como se nascer gente fosse melhor.

    O sol queimava, derretia as coitadas, tão trabalhadoras. *As vaquinhas mugindo lá no fundo, múúú, carneirinho me dá lã, mééé, passarinhos de manhã, né, piu piu piu.* Tudo enquanto eu deitava de bruços, os pés no alto. As formigas de lá pra cá em fileira, outras se debatiam, o vaivém do corpo no lençol enrolado e o meio das pernas formigava um fogo tão bom. *Anjos cantando lá do céu.*

ONZE.

Ela toda bandida, inteira mistério, o rosto apoiado na mão ouvindo o rapaz falar sobre os jogos de videogame, vez ou outra ia até a quadra jogar futebol, teve uma época que fez aula profissional, mas nunca levou a sério. Eu dava giro mortal na rede, ela disse.

— Giro mortal?

— Isso, você deita na rede e prende ela com as mãos. Aí a outra pessoa balança muito forte e dá um giro completo assim, vupt.

Ele refez o gesto de Júlia com os dedos no ar, ficou por alguns segundos preso naquela cena das crianças brincando na rede, depois achou aquilo perigosíssimo, imagina cair e quebrar alguma parte do corpo, mas o que era a infância sem viver perigosamente, ela falou, e contou do rio no sítio, o tempo solitária no mato sempre desenhando e escrevendo, subia nas árvores, no sítio a pitangueira velha que tinha uma penugem, coisa de árvore velha ficar peluda, devia ter uns cem anos, as saudades de comer pitanga, tanto tempo que não comiam, tão difícil encontrar, só no interior mesmo, as papilas já lembrando do azedo na boca, de vez em quando comiam as verdes, as aves sortudas que alcançam as doces do topo. As casas de barro nas árvores, tantas no sítio e na cidade tão difícil de se ver, sabia que eles vivem em casal?

— Ah, mas muita ave vive de casal. Os pombos, por exemplo. Dois pombos tipo nós dois.

— Ué, se for pra gente ser passarinho eu prefiro o joão-de-barro.

Júlia meio encabulada por ter dito aquilo, com medo de que ele interpretasse como um interesse excessivo, a autoestima dos homens sempre gigantesca, caramba ela já está apaixonada, ele poderia pensar, e mudou rapidamente de assunto, quis saber se havia algum tempo de luto quando um pombo morre, uns dez dias talvez?

Uma história de amor essa dos pássaros, um amor por toda vida, e os dois confessando um pro outro não acreditar mais em amores eternos. Ele queria acreditar, mas sempre acontecia algo errado quando estava apaixonado. Ela acreditava apenas na infância, teve até uma paixão pelo primo, imaginava que iam ficar juntos. Ele curiosíssimo a respeito desse primo, se tinham ficado juntos, onde estavam e o que fizeram. Tão estranho ele querer saber tanto assim de um primo, ela procurou na cabeça o que responder, juntou as memórias que poderiam ser ditas sem problemas e que não fossem tão reveladoras.

Beijamos uma vez, eu fiquei apaixonada, mas primo com prima não dá certo, né? Meus pais nunca aceitariam, minha família era muito religiosa e, além disso,
— pode dar um risco genético.

O rapaz comentou que era muito fofo ter uma paixão na infância, mas ele não, o que teve foram apenas uns crushes numa professora e numas meninas da escola, ficou imaginando Júlia menina toda apaixonada pelo primo, as cartas de amor, as músicas e os pensamentos apaixonados.
— Que linda. Posso te dar um beijo?
E Júlia se inclinou por cima da mesa.

Tinha um par de tênis meio sujo na porta de casa. Grande, muito maior que o meu. E eu me arrependi de ter passado tanto tempo fora, pois eu tinha chegado num momento em que todo mundo ia estar conversando e eu ia ser o centro das atenções quando entrasse. Ai, eu detesto quando me olham, é sempre motivo de algum comentário, falam que eu sou muito magrinho e preciso de vitamina, bate um ovo com suco de laranja pra esse menino, nhém nhém nhém, dá em jejum, cru mesmo. Que ódio. Mas quando eu entrei, só tavam os meus pais na cozinha. A mãe falou crendiospai que sujeira, reclamou de eu ficar tanto tempo no mato e que eu precisava de um banho antes de comer. Eu disse que ela só implica comigo e só ouvi o pai gritar bravo, larga mão de ratear, guri maroto.

O banheiro tava ocupado. Fui então pro meu

quarto, fechei a porta e comecei a ajeitar as roupas. A mochila do primo no chão aberta. Um short e uma cueca na outra cama. Coloquei a cueca na frente do corpo e me assustei com o tamanho. Abri o guarda-roupa e peguei uma camiseta grandona que eu gostava tanto, um calção e uma cueca, pus em cima da toalha pra levar tudo pro banheiro. Me dá muita vergonha ficar sem camiseta perto dos outros. Sentei na cama e enquanto me perguntava por que a minha cueca era tão menor que a dele, a porta do quarto abriu. O menino enrolado na toalha, o cabelo molhado. Fiquei que nem uma estátua na frente daquele menino de dezesseis anos, o que pra mim significava um rapaz, meio molhado, meio pelado.

Ele fechou a porta. Foi muito esquisito ficar ali sozinho com ele. Ele disse oi e eu respondi com um oi. Soltou a toalha molhada e começou a secar os pés apoiados na cama. Eu nunca tinha visto uma bunda peluda. Também não entendia por que eu achava aquilo bonito. Tão estranha aquela sensação e o meu corpo magrelo e pelado. Os pelos das pernas dele grudados na pele por causa da água. Ele esfregou com a toalha até eles desgrudarem e saltarem por todo lado desgovernados. Uma coxa grossa, de jogador mesmo.

— Você vai tomar banho?

Ele fez aquela pergunta na minha frente enquanto vestia a cueca que ficava muito cheia. É assim mesmo? Desse tamanho? Uma sensação de querer, mas não de inveja, pois era diferente do que eu sinto quando penteio o cabelo das minhas primas, e eu fui, sem entender o que acontecia no meio das minhas duas varetas finas e peladas.

No banheiro, amarrei uma toalhinha pequena em volta da cintura e coloquei um sutiã da mãe que tava pendurado atrás da porta. Esse batom vermelho, adoro esse gostinho de morango, deixa a boca bem vermelhona, será que o Léo ia gostar? Um blush na bochecha, as outras maquiagens sei lá pra que servem, não importa, não preciso delas, eu já fico tão bonita desse jeito no espelho. *Já sei namorar, já sei beijar de língua, agora só me resta sonhar...* Muah! Imagina estar numa banheira cheia de espuma com o primo. Eu ia fazer assim, ui ui! O meu cabelo mais longo, ele ia gostar. *Uh-uh-uh-uh-uh-uh-uh, tô te querendo como ninguém. Tô te querendo como Deus quiser.* A gente ia se abraçar, de lá pra cá... Eu ia fazer assim e ele assim e depois ele ia colocar a mão aqui. Que coisas mais nojentas que vêm na cabeça, coisas feias. Sai daqui, baguá!

Liguei o chuveiro e tapei o ralo com o pano de chão dobrado, sentei e deixei a água cair no meio das pernas, uma sensação esquisita e boa ao mesmo tempo. Deitei de barriga no chão, peguei e abri a bunda com as duas mãos, a água do chuveiro caindo bem no meio dela até encher tudo por dentro do box. Formou uma piscininha, joguei bastante xampu. Uma banheira de espuma. Fiquei deitado no meio da piscininha de bruços fazendo aquele pra lá e pra cá. Pensei naquela coisa do primo Léo, parecia que algo ia explodir por dentro de mim que nem um foguete que ilumina o céu mas nunca explodia. Demorei tanto, até o pai macetar a porta pra eu andar logo e não gastar tanta energia. Vem jantar!

Na cozinha, o primo Léo ajudava a mãe a colocar a janta na mesa. Olhei muito rápido pro cabelo dele, coisa de menos de um segundo mesmo, depois pro meu prato, mas naquela espiadinha, naquela metade de segundo, eu percebi, a água que deixava ele escuro tinha secado e agora tava meio loiro, meio longo dividido no meio, mas não bem no meio, tipo, quase de lado, caía bem certinho em volta do rosto, deixando parte da testa aparecendo. Senti um ódio de ter penteado todo o meu cabelo pro lado, eu sabia que ia cair tudo no olho e esconder toda a testa.

Fui até o fogão, coloquei uma coxa de frango, arroz e feijão no meu prato e sentei de frente pra ele na mesa. A coxa enorme, a voz grossa falando sobre futebol com o pai. Quem ganhou, quem perdeu, que papo mais chato, futebol não devia nem existir, um papo de aranha, sabe? De aranha, engraçado isso, como se aranhas falassem, mas elas não têm papo, então é por isso, eu vi na televisão, imagina, uma aranha tão bonita, e se ela abrisse a boca e falasse, ela tava grudada na teia e a teia grudada no meu braço, balançando, não tinha como ver o fio, só o bicho pequeno, e aí eu peguei um pedaço de pau e encontrei o fio que aumentava cada vez mais e devolvi a aranha pro quintal. Vezenquando eu cuido dos insetos, mas tem vez que eu quero matar todo mundo. E essa voz grossa falando, ho ho ho, parece o Papai Noel. Futebol é algo tão chato, qual a graça, duas aranhas falando sobre futebol, se fossem duas aranhas jogando iam precisar de várias bolas por conta de tanta perna, são oito pernas ou seis? Acho que oito, pois as formigas têm seis e eu sei que com a aranha vareia.

— Acorda! Não tá ouvindo não? Fica aí, brincando com a comida, parece que tá dormindo, rapaz, o Léo tá perguntando se você não quer ir até o rio com ele amanhã.

O sorriso dele, aquele monte de dente ainda de boca cheia: vamo?

Mais tarde eu fui até a sala porque ia começar aquele filme do nenê com a voz grossa, mas também porque eu não queria ficar perto do primo Léo. Tava meio choveninho nessa hora, todo mundo na cozinha de conversa. Era estranho porque eu tinha visto ele pelado, mas tinha gostado, sabe? Fiquei com receio de olhar demais pra ele, devia ser vergonha, não sei, tinha alguma coisa dentro como um fantasma, um arrepio na barriga, um gelo, mas não era medo porque era o meu primo e não uma assombração, se fosse fantasma ia ser mais fácil entender, mas é gente de verdade, o que será que é? Por que tenho vontade de pegar naquela coisa do Léo? E quando lembro dá vontade de apertar o joelho bem forte. Que feio pensar nisso. Tanta coisa melhor pra pensar, ver o filme, por exemplo, tem as aranhas que têm oito pernas. Esse filme faz tempo que eu queria ver mas passa tão tarde.

E quando acordei já era de manhã, uma vontade enorme de fazer xixi, eu nem lembrava de ter ido pro quarto e o primeiro pensamento que apareceu foi o negócio do primo Léo, que ficou inteiro dentro daquela cueca branca ajeitado de lado, uma vontade de sair correndo pulando, um medo mas também uma vontade de olhar mais e agora a cama dele tá vazia, sei lá quando ele veio dormir e nem sei que horas ele acordou, por que será que tava duro quando eu vi?

DOZE.

Uma delícia aquele beijo. Ele quis saber como ela ainda estava solteira. Eu é que pergunto. Você ainda, médico e bonito desse jeito.
— Eu tava te esperando.
Nos pensamentos dela o final da história já se concluía, já tinha ouvido aquelas frases tantas vezes antes, se repetiam quase sem criatividade alguma, se ela escrevesse aquilo tudo as pessoas pensariam ser uma simples ficção. A lenga-lenga pra cima dela, ia fingir que acreditava. O álbum dos Tribalistas ainda tocando ao fundo, ela tinha o CD quando era criança, ouvia direto, e começou a cantar de novo: *nós dois, um a um... eu não quero ganhar, eu quero chegar junto, eu quero um a um com você.*
— Nós dois, um a um, eu e você? Onde? Na minha casa ou na sua?
Júlia deu um leve sorriso, procurou os guarda--chuvas do teto pra não encarar aquela frase. O moço falou do primeiro beijo na sexta série, todo mundo

se beijando após a aula numa rua deserta, a menina que beijou não quis saber mais dele, nunca mais se viram, mas ele nem ligou, estava mesmo mais interessado no videogame, um pouco nerd, mas sempre jogando bola. Júlia uma negação, magricela, morria de medo de levar uma bolada, você devia ser linda, ele comentou, e ela falou sobre o bullying e os apelidos que recebia, como Olívia Palito, vareta, quatro-olhos, e o rapaz pediu que ela continuasse a história de criança, quis saber do beijo dela com o primo.

Ela descreveu o riozinho perto de casa, foi tudo muito rápido, a Júlia de doze anos super nervosa pedindo pro primo pra irem embora. Foram ver filme de terror. Quando as férias acabaram, voltou apaixonadíssima pra cidade, não conseguia parar de pensar no menino, tinham passado um final de semana juntos no sítio, não se viram mais porque ele era filho fora do casamento do tio. As famílias não eram muito próximas, se viam de vez em quando na igreja. Contou que teve medo, vergonha de falar sobre aquilo com a mãe. Mas aconteceu algo engraçado na cidade. Escrevi um texto essa semana. Vou ler e você vai entender, mas nunca contei isso pra ninguém.

— Prometo que vou guardar segredo.

Do banheiro, enquanto eu lavava o rosto, eu ouvi a voz grossa vindo da cozinha. Escovei os dentes bem ligeiro, queria ver a roupa dele. Quando cheguei, a mãe terminava de fazer café, o primo Léo passava margarina num pedaço de pão caseiro e conversava com o pai. O cabelo dele do mesmo jeito, bonito igual naquele filme. Usava uma camisa xadrez e um calção curto amarelo desses de banho. Enchi uma xícara de café até a borda e o pai perguntou por que tanto café, rapaz, quero ver tomar tudo. Ele falou de um jeito meio gritando, sem me olhar, e eu fiquei com vergonha por causa do primo, mas quando olhei ele tava sorrindo. Aquelas duas mechas loiras caindo em volta dos olhos castanhos dele, os dentes bonitos e aí ele chutou a minha perna devagar, eu ri e ele riu, como se a gente fosse amigo, e eu peguei e cortei um pedaço de pão, passei bastante margarina, o pai olhou, quase reclamou que margarina custa caro mas o primo Léo sorria e eu acho que ele não disse nada porque a gente tava feliz e o Léo perguntou se eu queria ir pro riozinho e eu falei que sim.

Ele tinha bastante pelo nos peitos dos pés e também nas pernas, no umbigo eu tinha reparado quando ele vinha do riozinho, tinha um pouco, tipo um filete meio castanho. Cruz credo, coisa nojenta ter pelos no corpo, mas nele eu acho tão bonito, meio bronzeado, a mãe tinha falado que ele joga bola na quadra da cidade, não é longe da nossa casa, deve ser por isso que ele fica bronzeado com esse cabelo loiro que cai de um jeito tão bonito no rosto dele.

Eu meio sem graça quis saber se fazia tempo que ele tinha o cabelo grande. Uns dois anos, por quê? Ah, porque eu tô deixando o meu crescer, mas cai tudo no olho então a mãe manda cortar bem curto. Ele comentou que precisava passar um pouco de gel quando tá molhado, pentear pra trás e deixar secar e aí passou a mão na barriga molhada e subiu pro peito, depois passou no meu cabelo, penteou com os dedos, só que caiu tudo de novo na minha testa e ele sorriu. Ah, tem que passar gel no seu, é muito liso, só com água não segura, mas o seu cabelo é bonito, castanho claro, você podia fazer umas luzes nele igual eu fiz. Sei lá o que era essa tal de luzes e aí ele explicou que eram as mechas loiras, fica da hora, num fica? A minha mãe que fez, ela é cabeleireira, se quiser ela pode fazer no seu também, só que a mãe nunca ia deixar, ela já pega no meu pé e não quer nem deixar o meu cabelo crescer, manda raspar na máquina número dois quando tá grande, disse que desse jeito não pega piolho, mas faz muitos anos que eu peguei.

 O sol brilhando nos pelos compridos da perna dele ainda molhados. Ele passou os dedos no próprio cabelo e chacoalhou a cabeça e toda a água foi no meu rosto, piolhento! piolhento! A gente riu muito e ele perguntou se eu não ia entrar no riozinho, mas eu tava com vergonha do meu corpo perto do corpo dele que era tão bonito e eu não queria tirar a camiseta, aí ele me segurou pelos braços com força, me ergueu e eu gritei, larga mão disso!, mas ele não parou, falou que ia me jogar no rio de roupa e tudo e eu disse não, para, para, mas ele nem ouvia e me levou até a água e me jogou e eu afundei, senti a bunda bater nas pedras do fundo e quando subi e abri os olhos eu vi, ele tava em pé e dava sim pra ver aquela coisa dura no meio do short dele e eu lembrei que só fica duro desse tipo quando o homem gosta da mulher, será que ele gosta de mim, e ele riu porque eu tava todo molhado, de camiseta e short, tira a roupa, mas eu falei não, tenho vergonha e aí eu sentei e ele tirou o meu calção com força e eu fiquei só de cueca e ele ficou com ele na mão, girando no ar, me dá, me dá, eu gritei, mas ele era mais alto e eu não alcançava, aí ele me arremedou, me dá, me dá, me dá, com a voz mais fina que nem os meninos da escola e eu fiquei muito bravo e sentei no chão e abaixei a cabeça e ele falou que era brincadeira, que eu não devia ligar, tudo bem, mas não gosto que me imite desse jeito, ele pediu desculpas e deu um empurrãozinho no meu ombro, colocou o braço em volta de mim, me apertou e ficou assim por um tempo.

    O riozinho corria bem rápido, as pedras brilhavam na margem e vezenquando dava uma réstia bem forte na nossa direção que fazia arder o olho e depois de um tempão ele quis saber se eu já tinha feito "aquilo" e eu respondi que não, deve doer muito,

— você quer tentar?

ele perguntou, e mesmo querendo eu fiquei com medo porque não era certo fazer essas coisas, vai doer, eu respondi, mas aí ele falou que ia fazer devagar e eu disse não, isso é pecado, e ele jogou o meu short no riozinho e eu corri pra pegar, mas não alcancei porque os pés doíam se corresse muito rápido por causa das pedras e ele foi boiando embora e o primo Léo ficou rindo da minha cara, seu besta, a mãe vai ficar brava e ele riu mais ainda e me abraçou bem apertado, te dou o meu de presente, esse amarelo.

De noite o primo me contou que tinha trazido uns filmes pra assistir no videocassete, não vai ficar com medo, tá, também não vai dormir, hein, ontem quando vim na sala você tava roncando que nem um fusca velho babando no sofá e aí eu te levei carregado até a cama. E daí o primo me arremedou fazendo um barulho de ronco e uma careta com a língua aberta de como eu tava dormindo enquanto ele colocava a fita no aparelho, eu não ronco, seu tonto, ah, e como você sabe?

Eu gostava de filme de terror, mas O Exorcista eu nunca tinha visto e o pessoal da escola dizia ser o filme mais assustador do universo. A gente viu embaixo do cobertor no sofá da sala e várias vezes eu tampei o olho, não queria ver, mas fiquei com aquela imagem da menina descendo as escadas pro resto da vida. Dei vários pulos no sofá e ele me abraçou, que nem um amigo mesmo, sabe? E eu não tinha muito medo porque ele tava ali perto e quando a menina vomitou na cara do padre a gente riu muito, fiquei com um pouco de nojo daquela gosma verde. Eu tava muito perto dele nessa hora e a minha perna ficou encostada na perna dele e me deu um negócio estranho. Quando acabou eu comecei a falar muito de filme, falei de todos que eu gostava e que ele precisava ver, O Silêncio dos Inocentes, O Iluminado, não falei nada sobre Titanic e Uma Linda Mulher, nem que eu achava a Júlia Roberts a mulher mais linda do mundo, fiquei com receio que ele tirasse sarro e não gostasse mais de mim, daí ele falou dos filmes preferidos dele, que amava Senhor dos Anéis e eu também falei que gostava muito, mesmo não gostando porque eu achava um pouco bobo e ele disse que os livros eram muito bons e eu precisava ler, até fiquei com vontade de assistir e ler tudo que ele falava e aí eu contei que meu sonho era falar inglês que nem uma pessoa que nasceu nos Estados Unidos, ver filme sem legenda nenhuma e ir embora pro exterior, ele achou o máximo e disse que eu precisava mesmo fazer isso, mas seria uma pena porque eu ia morar muito longe, e então me deu uma tristeza de pensar que eu não ia ficar perto dele se eu fosse e até pensei em dizer que não ia mais, que queria ficar morando na nossa cidade mesmo, mas não falei pois fiquei com vergonha, essas coisas não se fala e eu só queria deitar a cabeça no colo dele e ele me fazer carinho, mas não fiz isso e aí ele falou uma frase sem sentido nenhum, é em inglês, e eu queria saber o que significava e ele repetiu, mas já era diferente, você tá inventando tudo isso, seu tonto, e quando me dei conta eu tava rindo muito porque ele não parava de fazer cócegas na minha barriga e eu achei que ia fazer xixi nas calças mas não era nada de xixi, era "aquilo" e eu percebi que ele tinha percebido porque ele encostou lá e eu fiquei morrendo de vergonha e falei

— larga mão disso, não gosto que pegue em mim nesse lugar,

e ele pediu desculpa.

De tarde, após o almoço, ele quis me ensinar a jogar bola, eu expliquei, sou muito ruim com esportes, só que pra ele não era problema nenhum, essas coisas se aprende praticando mesmo. Ele jogava a bola, nem sempre eu conseguia chutar, mas ele não tirava sarro da minha cara e nem me xingava de nomes feios igual na escola.

Quando era quase a hora do pai levar ele pra pegar o ônibus, o primo Léo me deu o calção amarelo dele, eu falei que não carecia, mas ele insistiu e eu escondi no meio das minhas coisas e antes que ele fosse embora, a mãe tirou uma foto nossa juntos e aquele fiapinho de lágrima querendo escapar, controlei o olho, não pisquei, se a gente pisca ela se junta num líquido inteiro e escorre, fiz força pra não piscar, pro olho não ficar vermelho, elas juntando as metades e formando uma piscininha no meu olho e quando fui até o banheiro, eu tirei o pano de chão dobrado e os meus sentimentos escorreram pelo ralo sujo. E o primo foi embora depois de me dar um abraço.

TREZE.

Numa noite no meu quarto eu já pronta pra dormir, enquanto o fogo dançava por debaixo do edredom, um barulho muito alto na cozinha assustou todo mundo em nossa casa na cidade. Fragmentos se despedaçaram no chão, interrompendo os pensamentos nos quais meus dedos percorriam os fios tingidos de loiro, uma visão de Leonardo DiCaprio de perfil. Eu contemplava o rosto liso dele, imaginando como seria beijar, beijar alguém por quem a gente sente dor nos ossos e gelo na barriga.

O rapaz achou estranho que Júlia ficou imaginando aquele beijo antes de dormir,

— vocês já não tinham se beijado?

Ela continuou um pouco sem graça, ah, é verdade, é que sei lá, eu imaginava aquele beijo mais longo, sabe? Ah, sei! Você tava pensando em outras coisas! Safadinha!

O menino deitado ali do meu lado eu respirando o seu hálito morno com aquele riso de dor boa, uma dor lá do fundo do peito pros braços e um arrepio cultivando uma água bem fininha na parte debaixo dos meus olhos.

A lágrima ali, sem saber se cai ou se fica. Não chega a ser inteira, é apenas a sua metade. Eu abracei o edredom com os braços e as pernas e eu acho que foi ali que começou: essa meia lágrima é amor. E o vaivém com o edredom no meio das pernas terminou numa explosão dentro de mim e também na cozinha: tudo se espatifou.

Ele quis saber o que aconteceu. Júlia explicou que nunca havia contado aquilo pra ninguém, mas foi seu primeiro orgasmo. Sério? O rapaz desacreditado que aquilo pudesse ser verdade, devia ser invenção. Júlia explicou que poderia mesmo ser tudo ficção ou real, não tem como saber. Ele pediu mais um beijo.

Contou a ela sobre o seu primeiro orgasmo. Devia ter uns doze anos, estava sozinho em casa, não sabia o que era masturbação nem nada, mas sentiu uma vontade de ficar pelado, viu televisão enquanto comia algo, jogou videogame até começar a passar a mão pelo corpo, se tocar, tão gostosa aquela sensação, parecia uma arma esguichando água, mas depois veio o susto, achou que tinha se machucado e estava doente.

Ela horrorizada, os dois concordaram que os pais de antigamente não falavam sobre sexo com os filhos, o que era uma pena.

Ele curioso, quis saber o que havia quebrado na cozinha, pediu que Júlia continuasse com a leitura.

Corremos até lá num pulo, o manto azul, o véu branco, tudo estraçalhado, a cabeça rolou pro outro lado, a mãe chorando, o pai recolhendo os pedaços, o meu irmão abraçando a mãe, a Nossa Senhora Aparecida despencou no chão e todas as suas partes trouxeram uma simples mensagem: o que você está fazendo é pecado.

    A Santa tinha se quebrado toda, mas Júlia nunca contou a ninguém o que estava fazendo. Por muito tempo achou que a culpa fosse dela e que estava cometendo um pecado.

— Mas pecado por quê? Só porque vocês eram primos e você tava brincando com a sua periquita?

— É..., acho que era isso que passava pela cabeça.

O rapaz comentou ser um absurdo a igreja colocar na cabeça de uma criança que aquilo era pecado. Não podia acreditar que foi aquele o motivo que fez a santa cair, vai ver foi culpa dos pais da moça ou o irmão que fazia algo de errado. Deve ser bem isso. Anos mais tarde fui descobrir as coisas que meu irmão fazia. Ninguém sonhava.

— Eita, o que ele fazia?

— Nada não. Esquece.

O amor é feio, tem cheiro de mijo. Ele mete medo, tem cara de bicho... é isso, bem isso, é feio sujo tem cara de lixo e se eu pudesse eu ia construir umas paredes bem altas, bem grossas, ninguém ia ver nem ouvir essas coisas. Eu ia esconder o meu cabelo, as minhas pernas, os meus olhos, as minhas mãos. Na escola me xingam quando olham pras minhas mãos. Eu odeio elas. Toda vez me imitam com um ui ui sempre que eu falo desse jeito com elas. Eu já pedi pra Deus fazer alguma coisa, eu rezo todo dia o creio em Deus pai todo poderoso e tem dia que não acontece nada mas tem dia que é muito ruim. Deve ser um castigo. Acho que deixei Deus bravo por causa dessas coisas feias que eu faço e porque outro dia eu ri alto quando a mãe pediu durante a novena que eu rezasse o credo, mas é um nome esquisito pra uma oração, como se fosse credo de nojo, como se tivesse alguma coisa a ver com a mansão dos mortos que também é estranho, só que outro dia eu ouvi dizer que Deus é perfeito e ele não comete erros, por que será que isso que acontece comigo parece um erro? Ou será que num é? Será que eu vou pro céu? Deve ser bom viver os nossos segredos fora do corpo e fora da casinha mas "aquilo" eu não posso deixar ninguém ver, "aquilo" eu faço quando me escondo, por isso uma casa dura de barro igual de passarinho ia ser perfeita. O vô me contou uma vez que o joão-de-barro tranca a namorada dele se ela trair, mas na escola a professora explicou que isso é lenda e não é verdade, só que se eu tivesse essa casa eu ia me trancar e só sair quando tivesse muita fome, ou levava bastante comida lá dentro e não saía de lá nunca. Ia levar também o discman e eu ia escrever músicas e todos os meus segredos num papel e quando eu fosse grande e tivesse dinheiro eu ia sair, ir pra bem longe e jogar todas aquelas folhas de cima de um prédio. Não iam mais ser segredos de joão-de-barro, iam ser segredos de borboleta. E borboleta é tão linda. Aquelas asas não têm como esconder e elas brilham. Que nem a fantasia da prima. Ela ficou tão bonita quando se vestiu de borboleta na festa da escola mas aí descosturou e a tia trouxe em casa pra mãe arrumar. Tá lá no quartinho. Eu peguei nas asinhas, tinham um glitter meio roxo e prateado tão bonito e o vestido bem rosa, mas só posso tocar escondido senão vão pensar que quero vestir. Escondido, tudo bem escondido que nem o calção do Léo nas minhas coisas e a foto dele no meio do meu diário. Eu gosto de olhar pra ela mas também fico triste quando olho, vem essa dor aqui no meio até os braços.

    E se eu jogar a foto fora, posso jogar esses segredos também e mandar embora essa dor? Talvez se eu esconder tudo numa caixinha no fundo da última gaveta e largar mão de olhar. Uns segredos de fundo de gaveta, bem isso, igual a caixa de sapato que meu irmão guarda embaixo da última gaveta do guarda-roupa, ele acha que eu não sei, mas eu sei que ele guarda umas revistas lá, umas pessoas fazendo coisa de adulto todas juntas numa festa, eu achei engraçado esse monte de gente de uma só vez mas as moças colocavam "aquilo" na boca e me deu até uma coisa, eu quis sair correndo quando vi porque achei muito esquisito colocar na boca e teve uma outra revista que tinha essa mulher muito bonita mesmo na capa, tinha um negócio engraçado escrito, só que quando eu fui abrir, o pai chegou com o carro na garagem e eu guardei correndo tudo na caixa, mas quando eu ficar sozinho de novo, eu vou olhar porque quero muito saber do que que era.

Já faz meses que eu tô assim, eu queria tanto ser amigo dele, a gente podia sair junto andar de bicicleta ouvir todas as músicas que ele gosta, ver os filmes favoritos dele, até jogar futebol se ele quisesse, mas eu não sei onde ele mora e não quero perguntar pra mãe, o que eu ia falar?, que tô com saudades do primo que nem faz parte da família? Ela ia achar estranho, eu acho, primo bastardo, ia soltar um nossa, é viado agora, enquanto faz o crochê dela, sem largar aquela agulha, sem levantar o olho, ela já falou isso uma vez, depois ia falar vá lavar o quintal, você já levou o lixo na rua? Não presta pra nada você, igual quando eu contei da surra na escola, ela olhou o meu pescoço vermelho, não tem marca nenhuma, vai fazer sua tarefa.

Não vou mais gostar dele, não vou não vou não vou. Sai daqui, dorzinha chata, paixão de lixo é vassoura, xô! Mas vai ver isso não é paixão, não, não é, isso é querer ser amigo demais, deve ser isso, a gente escreve cartinha pra amigo, tem foto junto com amigo, sente saudade de amigo, mas será que tem essa vontade de fazer coisa feia com amigo? Por favor, Deus, faça a gente ser amigo, melhores amigos por favor, Ave Maria cheia de graça, e se eu for lá na quadra, eu lembro, ele joga futebol nas quartas de noitinha, eu posso ir, passar e ver se ele tá lá, não tem mal nenhum nisso, mas não vou falar com ele, só quero ver o primo.

É você, só você, que na vida vai comigo agora, nós dois na floresta e no salão, nada mais.

CATORZE.

O moço pedindo pra ver as escritas, tomou o caderno na mão e abriu. A urgência na voz dela, os segredos. Júlia se inclinou sobre a mesa. Ele se esquivou das mãos, folheou aquele diário cheio de mistérios, a moça brava e direta queria o caderno de volta,
— agora!
Ele abriu toda aquela vida, quase leu as mentiras daquele encontro, reparou na foto de um menino tão bonito e sorridente,
— quem é Maurício?
Júlia seca e impaciente, Maurício era um primo que morreu jovem, ela explicou e estendeu a mão, levantou da cadeira, as pessoas olharam, me dá o meu caderno, tem coisa que você não pode ler.
O rapaz comentou do bolo enorme na foto, aqueles de aniversário que faziam antigamente, o menino se empanturrando de doce, o olhar de Júlia no caderno que ainda não voltava pras suas mãos. Respondeu que era impossível o rapaz ter conhecido o Maurício,

o primo que morava em outra cidade, não, não era o Léo, era outro primo.

    Ele devolveria o caderno se ganhasse um beijo. Ela daria vários desde que recebesse de volta o caderno laranja, pelamordedeus, e o rapaz mesmo assim começou a ler um texto, *Acho que Vamos Todas para o Céu*, um conto que ela havia escrito. Ele recitou um verso, *quando acordei naquela manhã e fui até a cozinha, ele estava morto e cheio de moscas*, por favor para, ela suplicou, ainda não estava pronto, era íntimo demais.

    O rapaz entregou o caderno de volta com um sorriso, estava só brincando. As desculpas com frieza, calma, moça, não precisa ficar brava. A invasão naquela vida, e ele tentou quebrar o gelo com outros assuntos sobre viagens até o interior, você sempre visita a nossa cidade?

    Raramente, ela respondeu seca com o caderninho na mão. Ele comentou que também não ia com muita frequência, mas procurava visitar a família, especialmente o avô, que já estava velho. Ele brincou que na cidade todo mundo sabe dos nossos podres e Júlia quis saber se ele tinha muitos podres. Ele respondeu que não, nenhum assassinato pelo menos, o que seria estranho, um homem de trinta e dois anos sem nenhum podre. Qual o seu signo? Ele era de Virgem, três meses mais novo do que ela, a senhora tá ficando pra titia, mas ela amava a ideia, queria chegar aos cem anos como uma tataravó centenária. A tatuagem dele no braço, deixa eu ler.

Qualquer maneira de amor vale a pena. De quem é? Do Milton Nascimento.

O primo usava uma tiara preta, eu podia ver da arquibancada, e eu nem me importava quem tava ganhando ou perdendo, na verdade me importava um pouco, queria que ele ganhasse, mas eu queria mais era admirar as pernas com os pelos adolescentes que eu ainda não tinha, o ombro largo girando em direção à bola, o cabelo molhado de suor que eu tanto queria sentir o cheiro. Era uma visão que me despertava um sentimento tão forte, capaz até de fazer uma santa cair no chão, mas era um sentimento somente meu e era feio e sujo.

    O que era meu era feio mas tudo dele era tão lindo. O jeito que ele se movia. Como chutava a bola, com toda a força, muito rápido. Os cabelos no ombro já, os meus quase no queixo. Os dele pulavam, os meus ridículos e detestados pela minha mãe. Ele chutou a bola muito forte de novo, e ela entrou no gol. Ele gritou, eu pulei, ele saiu correndo, festejando, eu sorria, mas ele foi em direção a ela. Beijou uma menina que sentava bem perto da quadra.

    Eu corri com o olho cheio de lágrimas inteiras, não eram mais metades. E elas caíam pra todo lado. Corri muito, bem rápido, mas tinha algo no chão, uma pedra eu acho, eu tropecei, ralei os dois joelhos. Sangraram um sangue misturado com terra. Quando cheguei em casa, a mãe se assustou com o meu choro desesperado, o que aconteceu? Eu machuquei, mas a dor do joelho eu nem sentia.

    Tem que colocar remédio. Por favor, não aquele vermelho, mas tem que pôr senão pode infeccionar. Mertiolate nos dois, e no coração pode dar infecção também? E eu chorei, chorei tanto, que algo bonito aconteceu com a minha mãe. Ela me abraçou. E eu acho que ela nunca tinha me abraçado, porque eu não lembrava. Eu deitei a cabeça no colo dela e ela passou a mão no meu cabelo. Senti os dedos se enredando nos fios. Fiquei com medo de que ela reclamasse do tamanho, mas ela disse:

    — seu cabelo tá muito sedoso.

    Não tive coragem de olhar, mas senti aquele cheiro de mãe que fazia tanto tempo que eu não sentia.

QUINZE.

Oi, Rodrigo, tudo bem? Bom, queria te contar algo antes e aí você me diz como você se sente pro nosso segundo encontro hoje à noite. Acredito que você não saiba, mas eu sou uma mulher transsexual. Eu te acho um rapaz muito legal e temos tanto em comum, nascemos na mesma cidade, gostamos tanto de ler. E eu gostaria, se você ainda quiser continuar, que as coisas fossem assim, mais elucidadas entre nós. Enfim, você pode me perguntar algo se quiser e tiver curiosidade. E desculpa se estou contando isso somente agora, por mensagem, ainda mais depois de um date, mas não é muito fácil eu me expor dessa forma.

    Nossa, não precisa pedir desculpa, Júlia. Deve ser difícil você se abrir, uma pessoa que já deve ter passado por muita coisa. Não nego que é uma quebra de expectativa, antes tinha intenções que já não tenho mais. Podemos ser amigos, se você topar, mas aí poderíamos fazer alguma coisa outro dia? Porque hoje à noite eu ia fazer aquele esforço pra deixar o plantão mais cedo.

    Então é melhor deixarmos por aqui, né, Rodrigo?

Fique tranquilo. Não faz muito sentido eu aceitar uma redução do seu esforço por conta do que te contei.
  Você está certa. Bom, adoraria ser seu amigo, se você ainda quiser, e gostaria muito de ler os seus textos.

Chegou o carnaval. E eu entrava no quartinho e ficava espiando a fantasia de borboleta já costurada. Passava a mão nas asinhas, no vestido rosa, media o tamanho, queria ver se servia. Tão linda. Um desperdício ninguém usar no carnaval. Então aproveitei que todo mundo tava no sítio e me apossei do vestido rosa, da tiara com anteninhas, das asas brilhantes e da máscara com lantejoulas. Deixei tudo arrumado no meu quarto em cima da cama e fui tomar banho. Esfreguei a bucha pelo corpo todo. Lavei bem atrás da orelha, a tia uma vez olhou lá e disse que tava suja, que isso era feio. Passei bastante sabonete nas partes íntimas. Lavei o cabelo com o xampu e condicionador da mãe, aquele tão caro que ela mandava ficar longe. Peguei o potinho de colocar o sabonete, enchi de água e joguei na minha cabeça pra enxaguar o xampu. Enchi de novo e derramei devagar, a água escorrendo pela cabeça. Fiz isso umas três vezes. Eu te batizo em nome do Pai, do Filho e do Espírito Santo!
  Escovei os dentes, passei fio dental. Espirrei o perfume da mãe que ela usava bem pouco e por último usei o secador de cabelo. No quarto eu pus o vestido rosa e abotoei a parte de trás, calcei o tênis branco. Prendi as asas nos braços, nem eram tão pequenas. Ah, as antenas, tive até uns calafrios

quando me olhei tão bonita no espelho. Saiu um sorriso de fora pra dentro. Girei algumas vezes, queria ver como o vestido rodava. Era meu. E ele rodava tão bonito, depois caía de um jeito que só quem enxerga de cima consegue ver, só quem veste um vestido. Existem borboletas bailarinas? Era uma. Ei, olha aqui, quem tá falando é a borboletinha! Tô aqui na cozinha, fazendo chocolate para a madrinha, poti-poti, perna de pau, olho de vidro, vai poti-poti, rebola! Rebola a bola! E eu girei mais e mais. Ficava olhando como a saia assentava. Uma borboleta que dança, uma bailarina, voando de rosa em rosa, de tulipas a azaleias, coletando néctar com a boca glub glub glub! O batom vermelho, smack! O blush nas bochechas, não muito senão parece palhaço, o cabelo atrás da orelha, dois tique-taques e a corrente de ouro da mãe, ai, ai, pronto? Ainda falta a máscara. Ai, como eu sou bonita! O meu primeiro carnaval. Os outros foram na frente da televisão assistindo a alegria dos outros. A gente só conhece a alegria de festa quando é livre de verdade nela, e se não se pode ser feliz no carnaval, aí não é carnaval.

Porque você é assim, um sonho pra mim e quando eu não te vejo, eu penso em você, desde o amanhecer, até quando eu me deito.

Ele vai gostar de mim desse jeito e quando ele ler a carta que eu escrevi, ele vai se apaixonar de novo. Ele queria fazer "aquilo" comigo e por isso ele me ama, do mesmo jeito que eu.

Desci a rua e enquanto eu ia me aproximando da

praça o barulho do bloco se misturava ao tum-tum do coração que batia ligeiro que nem um filhote de cachorro assustado. Sei lá como explicar esse primeiro amor, mas era como se eu parasse de mentir e acreditasse no que eu era: uma borboleta. Quem não ama borboletas?

O meu melhor amigo é o meu amor.

Sentei na arquibancada e de lá de cima eu pude avistar o cordão que afastava os cabelos. A cartinha no meu bolso. A minha mão suando e quando o time dele ganhou eu continuei torcendo, tomara que ele não beije ninguém, tomara, e eu esperei tanto, até todo mundo quase ir embora, só sobraram alguns jogadores e eu corri pelas escadas, o vestido esvoaçante se aproximou dele, eu cutuquei o seu ombro e ele virou, sorriu com aqueles dentes tão lindos, ai, pensei em dizer que eu assistia lá da arquibancada feliz por ele ter ganhado o jogo e era um excelente jogador, nossa, mas a voz não saía e eu fiquei parada meio boba, ele com os dentes de fora, eu te conheço? E eu estendi a mão com o bilhete e ele leu todo simpático mas o sorriso aos poucos se transformou em pedaços de uma santa quebrada no chão. O sorriso que eu gostava se quebrou e a boca se abriu, Maurício, por que você tá vestido com essa roupa,

— você é bicha?

Ele falou aquilo de um jeito meio bravo. Não com a voz, mas com os olhos, e eu fiquei bem pequena que nem um pássaro falando piu piu piu.

— Você é bicha, Maurício?

A minha voz era um piado. Eu bem miúda, ele pisava em mim. O chão poderia levar os meus cacos junto da santa, eu corri, só queria me trancar na casa-de-barro, me esconder como um tatu-bolinha numa concha de mim mesma.

Na praça, no meio daquela gente toda pulando, eu sentei num banco, acho que borrei toda a maquiagem. Deu muita vontade de tirar toda aquela roupa e voltar a ser quem eu era: um menino bobo que escondia um pecado. Parecia que eu tinha voado bem alto com as minhas asas de borboleta, mas tinha sido estapeada e esmagada que nem eu fazia com os insetos. Nunca mais mato um bichinho na vida.

Fiquei ali até de noite observando as pessoas. Quando percebi, ela tava sentada no banco do lado. Uma moça muito alta e magra, o cabelo loiro até o ombro. Usava um salto muito alto que me lembrava dos sapatinhos das Barbies da prima. Fiquei olhando aquele salto tão fino e longo. Um rosa bem forte. Eu sabia quem ela era, pois a mãe sempre cumprimentava ela de longe, mas eu nunca tive a coragem de perguntar o porquê da minha mãe ser respeitosa com aquela moça que era bastante caçoada pelos outros.

— Gostou dos meus sapatos?
— Parecem de Barbie.
— Eu sou uma Barbie.

Eu adorava rosa, mas devia ser muito difícil de andar com eles. Contei que minha mãe tinha uns sapatos parecidos, do casamento dela, mas que nunca usava e eu achava uma pena porque eram tão bonitos.

Ela riu, a sua voz de falsete que me deixava um pouco curiosa, eu tava na frente daquela criatura do outro mundo que surgia ali na praça pra fazer algo encantado. Ela disse que trabalhava ali de noite, sei lá que tipo de trabalho se faz numa praça, ainda mais à noite. Ela quis saber se eu já tinha colocado os sapatos da minha mãe e por que eu parecia tão triste, se tava sozinha. Respondi que tinha me perdido de um amigo e que nunca havia colocado os sapatos da minha mãe, o que era uma mentira. Eu acho que ela percebeu e falou que um dia eu ia ter os meus próprios sapatos assim, tão altos como os dela se eu quisesse.

Abriu a bolsa, retirou um espelho e retocou a base. Era a primeira vez que eu via o seu rosto tão perto e o verde da barba que queria crescer. A peruca loira com uma franja, eu sabia que era uma peruca porque alguém tinha falado, mas ela era uma boneca Barbie gigante. As pernas longas e bem finas dentro das leggings roxas, o vestido justo rosa-choque. Pensei em perguntar do trabalho dela e por que estava sempre na praça. Ela era feia, mas também bonita, eu tinha medo dela, mas também curiosidade. Eu não queria ser daquele jeito, mas ao mesmo tempo sim. Me dava medo ser triste como ela e sem ninguém. Eu só queria que as pessoas parassem de me caçoar.

Tive curiosidade. Pensei em perguntar onde morava, dos amigos, se era verdade que tinha um filho da minha idade mas não falava com ele. Se era mentira que tinha largado tudo pra ser quem era. Um horror, diziam. Ou talvez fosse coragem. Tudo isso me dava medo.

— Qual o seu nome?
— Duda. E o seu, menina borboleta?

O rosto com uma crosta de base, o batom vermelho-sangue vivo igual ao meu que devia estar todo borrado. Eu sorri. Um sorriso enorme que nunca tinha acontecido na minha boca. Um sorriso que durou semanas.

— Meu nome é Júlia.

DEZESSEIS.

Acho que Vamos Todas para o Céu

Quando acordei naquela manhã e fui até a cozinha, ele estava morto e cheio de moscas.
    Me perguntei de onde elas poderiam ter surgido, se foram a causa da sua morte ou se ele já estava morto antes da chegada delas.
    No dia anterior, quando o deixei em cima da mesa não havia nada.
    E ele tinha o tamanho tão perfeito.
    E as moscas,
não sei se eram moscas propriamente ditas,
elas não voavam
e não era possível ver asas,
eram pontinhos muito pequenos,
e eram tantos,
tão juntos uns dos outros,
como se formassem um tapete por cima do caule verde,
das pétalas,
das sementes,
escondendo o seu brilho tão vivo.
    Bateu uma tristeza.

Foi tão mórbido.
Tive que jogar fora e pensar em outra coisa pra cabeça.
Colhi uma rosa do quintal.
Em vez de colocar o vestido amarelo,
que combinaria com o girassol,
escolhi o rosa.
Prendi o cabelo meio de lado,
ajeitando os cachos enrolados na noite anterior
e coloquei a flor presa na lateral.
Usei uma sombra rosada nas pálpebras,
em vez da amarela que eu tinha planejado.
Não passei batom,
batom não combinaria com a ocasião.
Além disso,
eu precisava da cara mais limpa,
mais leve,
destacando a rosa na cabeça.
Eu queria muito me enfeitar com uma flor naquele dia.
Enquanto ajeitava o cabelo, pensei nele como se estivesse me arrumando pra dar algum orgulho. Seria bom se ele pudesse me ver assim, ele ficaria feliz e esperançoso, ainda mais quando eu estivesse tão bonita, tão florida. Nos afastamos já faz tempo e por esses anos eu tenho evitado pensar nele e ver fotos, nunca ouço o seu nome, quando ouço eu me assusto pois é como se estivessem o chamando. E ele comigo num lugar tão cheio, eu não saberia o que fazer além de me deixar fluir naquele rio.
O horizonte é um rio para o mar. Mas é seco e nadar não é possível pois vai rápido demais. E durante os

passos lentos nem sempre a tristeza do sangue é igual à da pele. Muitas vezes se chora por dentro e as lágrimas ficam presas sem desaguar no rio esturricado, será que nascem flores quando seca? Tudo se move por fora de um jeito vivo, mas no interior do corpo os ossos e os músculos se contraem com força. As mãos e os braços são mais rápidos do que o olhar, mas os gestos são vagarosos, sobretudo quando acompanhados de um sorriso a indicar algum desejo. Não apenas meu. Eles também se avistam de longe, se olham, se desejam, numa procissão católica sem Deus, esbarrando suor com suor, pelos com pelos, caminham e se avistam até se encontrarem. Os toques suaves com as pontas dos dedos. Esfregam-se por querer ou sem querer, nem sempre dizem oi, e então se forma uma junção de líquidos distintos e sabores indecifráveis. Uma preparação para os quarenta dias. Caminham carne com carne para se afastarem da carne depois. O orvalho da pele com cerveja derramada e urina que respinga no chão e nas pernas, um brilho intenso ao se misturar com purpurina e sol. Nos cantos e no meio se pegam, se esfregam, todos os gostos e os líquidos sem nojo, não existe nojo.

O rio, a música, os dançarinos, os amigos que riam e os rapazes bonitos com sorrisos e beijos ou simplesmente o meu não. Eu beijava pra desabrochar o que eu era e esconder o que fui. Os elogios e os beijos traziam a felicidade que se encontrava escondida. Mentir sobre a não existência daquela criança e beijar o moço distante enfiado no mar de gente com um chapéu imenso desses mexicanos. Alto, eu podia enxergar de longe, e o sorriso largo havia me visto também. É uma sensação boa quando alguém vem desse jeito nos querendo na nossa direção.

E o que aconteceria se o moço bonito visse o adolescente ali do meu lado com o cabelo castanho nos olhos, os dentes separados, os braços e pernas compridos dentro das camisetonas tão grandes, surgiria uma raiva, talvez nojo.

Penso em como era o rosto da criança. Difícil de lembrar pois falta uma memória. Seria um esquecimento ou uma lembrança adormecida? Algo que se apagou de propósito ou que a mente esqueceu porque quis, como se tivessem arrancado um dos meus olhos e o tivessem levado pra um lugar distante onde eu conseguisse enxergar coisas lindas, mas sem poder tocar. O outro olho permanece comigo vendo o meu corpo e o buraco que ficou em meu rosto. Então fecho o olho que está distante pra não observar o que a criança vê e continuo sonhando com o dia em que ele voltará pro meu rosto.

Em alguns momentos sinto a criança do meu lado e acordo numa dessas manhãs cinzas e me levanto num livro dividido em capítulos: o antes e o depois, o que era e o que sou. Uma varanda sem flores cheia de potes esperando sementes. Não tem mudas. A varanda vazia com uma luz do sol sem propósito, mas poderiam crescer os botões vermelhos ou de um rosa clarinho que desabrocharia num cor-de-rosa quase branco: as rosas religiosas da minha mãe. Ao lado uma mesa e duas cadeiras pros cafés da manhã, o nascer e o pôr do sol e assim eu e a criança casando, as nossas histórias juntas se completando nesse apartamento e os nossos amigos, sentem-se no sofá, fiquem à vontade, querem beber alguma coisa, venham pra varanda, olha que linda essa vista. As brigas de vez em quando pois nenhum casal é *perfeito, uma caixa de leite quase vazia dentro da geladeira ou a minha organização excessiva e a criança não ligando tanto e deixando as coisas voarem e caírem devagar no seu próprio descanso. Eu irritada com tanto refrigerante, meu bem, você precisa se cuidar mais, e ele reclamando do meu banho quente, e eu diria que um banho assim me lava a alma. No sábado à noite, um desses filmes cults no cinema, depois um vinho em casa e faríamos amor, nos amando e esfregando o meu corpo no corpo da criança que também é o meu corpo, ou seja, irei tocar a mim mesma por dentro e por fora pra alcançar o mais puro e divino céu. No domingo um café da manhã com Angela Ro Ro enquanto o gato se esfrega nas nossas pernas pedindo carinho e então algum pensamento muito besta da nossa infância porque é a minha infância e a dele também.*

O simples viver é uma violação dos mandamentos, um erro de Deus. Mas também é um dom que Ele entregou às mulheres como eu que fica guardado por debaixo da pele do peito, da cor da auréola de um anjo, pronto pra rasgar tudo e aparecer durante essa peregrinação, nesta rua cheia e larga no centro de São Paulo. Uma vontade desse moço caminhando até mim.

Ficar no rosto dele.
O seu corpo grande.
Agarrar, sentir.
Só quem é sabe, mesmo sem compreender, sabe. A gente vai indo devagarinho, a flauta doce soprando, está tudo bem, uma dança na primavera, e logo vem o susto com a mudança abrupta e o prato de choque durante a melodia mas que se acalmará, o violino alegre, a flauta doce soprando docemente e algo lindo

acontecendo e um riso que se abre de dentro do peito e se conecta ao corpo.

O mapa do meu corpo. O começo dos desenhos pela criança-bicho-geográfico que eu não entendia, tão perdido, o estrogênio se infiltrando e moldando tudo com a delicadeza dum dolorido nos mamilos da geografia confusa da mente, importantíssimos os remédios que causavam ainda mais dor e que mudavam pra uma felicidade estranha difícil de compreender se dissolvendo nas pílulas lá dentro do fígado. A química completando a geografia com a sensibilidade da pele doce e o prazer, meu Deus do céu, o meu corpo mudando infinitamente e se exorbitando pelos meus poros e a pressão ainda mais baixa e as escadas ofegantes completando o mapa feito pelo menino-geográfico que eu não queria lembrar mas está marcado no corpo e nas cicatrizes que deveriam ser coroas das minhas células.

O menino e a mulher.

E o rapaz do carnaval se aproximou. Nadou contra a correnteza de gente. O meu rosto girou até ele, um girassol pra luz do sol. Ele tirou o chapéu. E o meu sorriso como uma porta indicando que ele poderia segurar a minha cintura com aquelas mãos enormes e dar um beijo sem qualquer palavra. O gosto amargo de cerveja que eu não gostava e só queria sentir na boca de um homem bonito. Ele devia ser o vigésimo que eu beijava. As apostas com meus amigos de quem beijava mais. Essa música, você sabia que lança-perfume não era proibido? Como assim? A música que tá tocando, ninguém sabia que era uma droga, todo mundo usava sem saber, até criança, e vinha numa garrafa tão *linda, dourada, imagina só, a criançada, gente velha, todo mundo endoidecido de lança-perfume, todo mundo louco. Ah, é? Pois eu estou louco por você.* E ele me apertou, enredou os braços na minha cintura e eu com os dedos na barba por fazer, *que rosa bonita, gostou do meu chapéu?*, e ele colocou de volta na cabeça e eu tirei os confetes colados na sua testa, o beijo no meu pescoço, na boca, ele segurou a minha mão e nós dois nadamos tão perfeitos naquele rio de pessoas pro mar no centro, a gente nunca sabe onde vai encontrar amor.

E quando chegamos na praça, ele me agarrou e num movimento com o quadril ele se remexia conforme a música e tentava se encaixar em mim mas eu me afastava pra manter uma distância entre a parte inferior dos nossos corpos. Eu passei as mãos nos seus braços cheios de purpurina, senti o músculo duro, os meus dedos no seu peito bronzeado, o brilho do suor com a purpurina amarela. Alisei aquele peitoral grande, peludo e brilhante. Subi na ponta dos pés e beijei sua bochecha, *me dá um cigarro* e ele tirou um maço do bolso e acendeu um pra mim e outro pra ele, tragou fundo e eu devagar, não queria tossir.

Ele me encarou.

Não sei se seus olhos eram verdes de verdade ou aqueles castanhos que ficam verdes por conta da luz do sol mas o redor da pupila era uma flor amarela.

Tem olhos que são desse jeito, mas é preciso ver de perto.

E nesse momento eu tive medo de estar nua. Um perigo estar assim, tão perto dos olhos de um homem.

Ele soltou a minha mão, perguntou se eu queria uma cerveja e eu respondi que não, que queria apenas uma água. Comprou do senhor que vendia num carrinho cheio de gelo e após pegar ele me entregou a garrafa, eu bebi e dei um beijo nele, sentindo aquele gosto de cerveja fresca.

    Acho que estou apaixonado, ele murmurou no meu ouvido e me apertou com tanto amor, me ergueu e me girou e eu tão amada, tão perfeita, escorreguei de seus braços
como uma gota de suor deslizante,
esfregamos corpo com corpo,
juntamos suores,
glitter com glitter,
enganchamos por um instante.
    Um único
instante.
    Um segundo.
    E esse mesmo rapaz
que andava de mãos dadas comigo
me beijava inquietamente
e gostava de mim
mais do que um simples gostar de carnaval,
ele me colocou no chão.
    Parado com a mão no queixo.
    A sua feição num vinco marcado na testa.
    Um vinco de um cachorro ameaçado.
    Um vinco da raiva que eu sentia pela minha criança.
    O meu ele que eu tanto lutei pra esconder e esquecer.
    Os seus olhos já não eram mais dois girassóis,
o amarelo era uma chama.
    O que foi?
    Mal perguntei
e as minhas partes invadidas

tão rapidamente
como algo de domínio público
pra qualquer toque alheio.
  Mesmo que eu não quisesse.
  O cuspe no chão.
  Eu quis explicar,
pedir desculpa,
mas ele gritava
e as pessoas riam,
e eu sozinha no mar,
os amigos sei lá onde estavam.
  E então um brilho forte.
  Um brilho amarelo.
  Um girassol enorme,
grande lá no céu.
  E nesse momento em que eu voei,
admirando o girassol gigante,
as marchinhas se silenciavam aos poucos
lá no fundo,
cada vez mais distantes.
  Os confetes devagar,
junto das purpurinas amarelas
com as gotas vermelhas
e o azul do céu.
  Ah, o céu.
  Tão colorido.
  Poderia ter mais cores.
  Aquele contraste todo enquanto eu voava,
azul, amarelo e vermelho.
  Você é homem, ele repetia.
  Quem é homem, eu me perguntava.
  E eu voei.

Não dava pra entender.
Mas algo surgia na cabeça:
eu queria ir para o céu.
Diversos pontinhos escuros se aproximavam.
Lindos.
E antes de tudo escurecer,
antes das moscas me alcançarem
e eu encontrar o menino das camisetas enormes,
eu me abri e me iluminei em direção ao sol.
Tudo numa cor única.
Cor de auréola de anjo.
Cor de ouro embaixo d'água.
E mesmo que naquele momento eu parecesse ser uma simples rosa,
mesmo que me chamassem de algo que eu nunca fui,
eu
de fato,
era um

girassol.

DEZESSETE.

Ligou o rádio e moveu o botão entre as estações. *Eu quero meu amor, eu quero meu amor.* Ai! Essa música meu Deus minha mãezinha amava! Quem é que canta? Me lembra tanto quando eu era criança. Ela aumentou o volume. A música subiu e encheu o salão.
Eu quero meu amor
Eu quero meu amor
Eu quero meu amor aqui nesse forrozão!
Parou na porta, segurou no batente, deslizou. Dobrou uma das pernas, subiu o vestido devagar, ui! Sorriu. Fez uma reverência. O vestido azul com o ponto de crochê em volta do pescoço segurava o decote. Ela entrou no salão, rodou o vestido com a ponta dos dedos. Virou. As costas nuas, as flores de chita girando no meio dos outros forrozeiros, as pernas finas e negras de um lado pro outro, os pés calçavam os chinelos verdes. *Eu quero o meu amor, eu quero o meu amor, eu quero o meu amor na quentura*

do salão! Os dedos compridos com gestos pelo rosto, os cabelos ao ar. Ela cantava. A música era um forró e ela girava com a leveza dos olhos que brilhavam. O sorriso gostoso de canto queria aquele homem. *Cadê minha paixão?* Ela puxou o daddy pela mão e o levou pro meio da roda, ela se esfregava nele com um delicioso prazer safado no rosto. O lugar estava rodeado de pessoas que a queriam, mas ela tinha olhos somente pro seu homem. Ele estava tomado pela sua dança e ela dançava não apenas pra ele, mas também pra própria música.

Esse amor é pra nós dois!

O que será que o meu daddy tá fazendo uma hora dessas hein, logo a gente vai se ver e eu vou pedir que ele me ajude com o meu maior sonho e nos mudamos pra terra dele lá na Espanha, ele falou que vai me ensinar espanhol e vai fazer suco de tomate sei lá como que chama nunca ouvi falar de suco de tomate mas ele disse que lá existe e é bom. Vou ter que aprender a gostar de suco de tomate é cada uma pai amado, mas se ele não me ajudar ah, eu sumo da vida dele, vai ser a última vez que vou pedir e se ele disser não eu desapareço sem dar sinal de vida ele que exploda, já sumi de tanta gente nessa vida mais um não vai ser difícil ele que fique com a mulher dele mas quem é que canta essa música mesmo hein, não vou descobrir nunca amiga vem dançar! *Cio cio cio cio, nosso amor é proibido!* Cadê a Júlia hein tá tão quietinha no quarto dela.

Luana ajeitou as sacolinhas de plástico em cima

da mesa da cozinha e foi entrando no quarto da amiga. Júlia deitada na cama enrolada no cobertor, amiga acorda, essa música é mara você conhece? Minha mãe gostava tanto, você sabe dançar forró amiga? Se não souber eu te ensino, não é muito fácil mas é só praticar dá até pra dar uma sambadinha olha tá vendo? Luana dançava toda sorridente, mas ao mesmo tempo curiosa, já que Júlia ainda estava deitada, quase uma da tarde tá de ressaca né? Luana foi até a cama, sentou e deu um tapa na perna da amiga por cima da manta, sai debaixo desse cobertor meu Deus um calor misericórdia!

Não queria levantar, não tinha acordado bem. Luana quis saber o que tinha acontecido, se ela estava triste por causa da formatura que tinha sido tão linda, tudo como ela queria, devia de estar feliz, você queria que a sua mãe e o seu irmão estivessem lá né, não seja boba Júlia tava todo mundo que te ama lá foi tão bonito te ver sorridente feliz eles que se lasquem. Pois é, aquela sensação por dentro, Júlia ia mesmo ficar mais feliz se eles tivessem ido, uma tonta ficar triste por conta de uma família daquelas. Ai não fica assim você não é tonta mas pense no lado bom, só tinha gente que te ama, que te quer bem.

Luana passou as mãos nas pernas da amiga, mas não era somente aquilo, Júlia tinha acordado com dor de barriga, talvez o nervosismo do dia anterior ou algo muito estragado no meio daquele buffet, tanto cocô de manhã, senhor amado, devia ter perdido uns cinco quilos e estava com frio.

Luana toda frenética já com ares de enfermeira botando a mão na testa da amiga, mas você tá com febre, criatura, por isso que tá embaixo desse cobertor. Ela quis saber se Júlia tinha tomado algum remédio, insistindo que precisava sim tomar, mas que era estranho, ela mesma estava ótima, tinham comido a mesma coisa e as meninas também não tiveram nada. Júlia mencionou os absurdos de que alguém poderia ter colocado algo em sua comida, alguém que a odiasse, que não gostasse de travesti, sempre tem esses loucos.

Júlia mal terminou de falar e teve que ir correndo ao banheiro, bateu a porta, meu Deus do céu, os barulhos horríveis, aumenta o rádio, Luana, muda a música, deixa bem alto, pelamordedeus, e ela só saiu depois de vinte minutos de Duran Duran, misericórdia amiga não precisa nem de chuca mais!

Júlia caiu na cama, se enrolou no cobertor sem achar muita graça na brincadeira de Luana, tô zoando bobinha aliás a escritora famosa te ligou?

— Não, já faz dias que ela pegou meu telefone.

— Calma ela vai ligar não fique triste essas pessoas ricas são muito ocupadas, o que será que ela quer hein vai ver ela precisa de uma secretária e quer te contratar.

— Acho que ela só foi educada, amiga, não acho que ela vai me ligar e...

Júlia cobriu a boca por conta do ataque de tosse. Tossiu por um tempo até ficar quase sem ar, uma tosse horrível, meldels amiga que tosse!

Na cozinha, Luana abriu uma caixinha e pegou dois pacotinhos de chá. Encontrou uma cartela de comprimidos na prateleira de metal. Estava dentro de uma tigela junto com um monte de cebola. Encheu a chaleira de água pra ferver. Eu hein que loucura como será que ela pegou isso, vai ver alguém colocou algo na comida dela mesmo mas quem faria uma coisa dessas, vai que tinha alguém que não gostava dela na escola alguém que não gosta de travesti ou ela pegou na comida com a mão suja vai saber, eu comi a mesma coisa que ela sentamos na mesma mesa a mesa das travestis e mais tarde fomos até a casa da dona Carmita com as meninas fofocar e beber vinho pelo resto da noite. Enfim não importa vou fazer esse chazinho de camomila vai dar um up nela.

Levou o chá pro quarto, disse que Júlia ia tomar aquela jarra inteira pois tinha perdido muito líquido, falou da cor da amiga que estava mais branquela do que nunca, quando melhorar poderiam ir à praia, só pegar o ônibus e em poucas horas chegariam, quem sabe andar pela primeira vez de avião, conhecer o Rio de Janeiro, imagina só, mas primeiro ia cozinhar algo bem leve. Luana sentou de joelhos no chão ao lado da cama, encheu o copo com chá e depois colocou a jarra na mesinha. Entregou o copo e o comprimido, apoiou os braços cruzados na cama. Júlia terminou de tomar e reclamou que não conseguiria comer nada, cobriu todo o corpo, virou pro outro lado e se ajeitou. Luana insistiu que a amiga estava fraca, que precisava comer, posso fazer uma sopa, uma canja, minha mãe fazia quando eu tava doente, deve ser fácil.

Júlia tentava lembrar da última vez que alguém cozinhou pra ela quando estava doente, ainda mais com aquele sorriso e o jeito cuidadoso. Eu amo canja, Luana, mas agora nem consigo pensar em comida.

Luana abraçou um travesseiro, deitou de bruços do lado da amiga, prometeu que a canja iria ficar deliciosa, mesmo naquele calor dos infernos que estava fazendo, quem sabe poderia colocar até umas pedrinhas de gelo e esfriar, o importante era o líquido pra hidratar o corpo. Júlia achou aquilo engraçadíssimo e Luana comentou dos temperinhos que havia comprado, chimichurri, tinha ouvido falar que era bom, a tia Carmita sempre usa, ela faz um frango que é uma delícia, só colocar as ervas na carne, uma fritada no peito de frango bem picado, aquela crosta na panela, e aí pôr bastante cebola bem picada e alho. O alho bem dourado, só jogar água e tá pronta a sopa.

Júlia sentou devagar na cama, dobrou os joelhos embaixo das cobertas, as maçãs do rosto aumentadas com aquele sorriso sem dentes de alguém que recebe cuidados, os gestos e expressões de quem dizia o quanto amava a amiga. E o arroz, menina? Canja vai arroz.

Luana lembrou das batatas e a combinação com frango, seria um resultado saboroso. Ela esperaria o frango atingir um dourado perfeito na cebola antes de acrescentar a água e as batatas.

— A minha mãe falava que batata tem que cozinhar na água fria sei lá por quê. Deve ter algo a ver com as propriedades fisiológicas da batata.

Júlia riu, cobriu o rosto com o cobertor e Luana comentou do sal, das batatas macias, do quão chique era o alho-poró que havia trazido e que uma cenourinha bem cortadinha com bastante pimenta do reino iria dar mais cor à sopa e prometeu que a amiga iria comer bem e sarar logo.

— Você toma a sopinha que eu vou preparar mesmo se ficar ruim?

— Com esse amor todo, Luana, eu duvido que fique ruim.

DEZOITO.

Falei que eu não queria retornar, que me sentia tão segura vivendo ali. Aquele país não gosta de gente como eu, ainda mais depois daquele regente. E ele falou assim: eu me caso com você se algo der errado.
    Ah, se eu pudesse naquela época ler aquele sorriso safado dele,
eu teria respondido qualquer coisa,
mas não teria ficado muda.
    Cadê o anel de noivado?
    Cadê meu diamante?
    Só que não,
não disse nada.
    Onde já se viu ficar muda quando alguém fala que vai casar com você?
    Mas é aquela coisa,
o patinho quando nasce vai amar o primeiro ser vivo que cuidar dele.
    Enfim, ele colocou as ferramentas no chão, e as preocupações foram embora quando aquele corpo suado, bem mais quente que o meu, me envelopou.

Me envelopou mesmo, porque ele era tão grande, tão mais alto.

Uns ombros, ai, ai.

Descansei minha cabeça no seu peito macio e cabeludo e respirei uma mistura de desodorante e suor enquanto o nariz dele encostava no meu cabelo, me cheirando.

Um ventinho refrescou os nossos corpos que então se descolaram.

Deu pra ouvir as folhas se mexerem e ver as luzes tremidas do sol no chão do quintal.

Ele já tinha explicado:
é preciso lixar as prateleiras antes de colocá-las na parede e depois passar verniz.

A prateleira reta, uma tábua sem curvas.

Ele segurou e girou pra ver por onde começar,
passou a mão,
alisou com as pontas dos dedos pra sentir o relevo,
cada pedacinho,
cada fiapinho.

Eu precisava auxiliar, mas estava tão difícil não assistir às mãos.

Ah, aquelas mãos.

Tão habilidosas, ai, ai.

Grandes, mãos de homem mesmo, sabe?

Com pelos escuros.

Tinha até uns calos.

Unhas lindas, bem cortadas, prontas.

Eu disse prontas?

Mãos bem duras, rudes de homem, mas que tocavam com uma delicadeza qualquer coisa que encostassem.

Qualquer coisa.

Mãos de quem sabe tocar.
E como lixavam bem o pedaço de madeira.
Um escultor.
Depois serrou com a serra,
num vaivém que
pai amado.
O bíceps subia e descia.
Os cabelos encaracolados,
a barba já de três semanas.
Os pelos da barba chegavam até o pescoço e se encontravam com os do peito.
Não tinha fim aquele caminho?
Ele alisou de novo a madeira, colocou em pé, fez um bico com a boca, chegou bem perto e percorreu toda a tábua, assoprando cada fiapinho dela.
Devia ser geladinho.
Já imaginou?
O pó voando por todo lado até se juntar ao orvalho da pele.
Eu estava atormentada, até me engasguei com a própria saliva.
Que foi, menina?
Nada não.
Ah, aquelas mãos calejadas...
E a voz grossa?
Um dia, o mero toque das pontas dos dedos ou o simples som da voz no ouvido vão ser o suficiente pra causar siricuticos na espinha, superando qualquer experiência sexual.

O celular vibra e eu ignoro. Quase nunca me ligam, ainda mais tão tarde. Quem é que liga quando se pode mandar uma mensagem? É tão mais prático e a gente responde quando quer. Talvez seja uma propaganda ou algum golpe que vai me tirar o sono. Então viro pro lado e tento dormir. Mas ele continua a vibrar e iluminar o quarto até os meus olhos se abrirem por completo.

As cortinas de linho fechadas. Posso ver apenas um foco de luz que clareia o céu, mas não consigo decifrar se é a lua cheia ou um poste. É de madrugada e só uma pessoa pode estar me ligando. Putz, é ela. Ela sempre insiste. Também odeia mensagens. E nem é por causa das teclas serem pequenas, não é isso, ela não gosta mesmo e pronto, prefere falar. Gosta de passar horas no telefone. E eu já imagino que vai comentar sobre uma revista ou um livro, ou perguntar de algo que não consegue se recordar.

Não quero parecer chata ou ranzinza, eu amo falar com ela, mas quando acordo assim, de repente e no meio da noite, eu demoro demais pra sair dos sonhos.

Vez ou outra ela me liga durante o dia e conversamos por horas, como na semana passada quando me desejou feliz Páscoa. É tão bonito. Ela liga todo ano pra isso pois sabe que minha família não fala comigo. Sabe, menina, eu não vou à igreja, mas bem de vez em quando, na Semana Santa, gosto de ir ver a imagem de Jesus morto. A Páscoa é a festa mais linda, festa da ressurreição. Até mais que o Natal. Isso me anima, me fortalece.

Sempre me emociono quando ela me liga nessa data. Outro dia contou sobre um pesadelo comigo e queria saber se eu estava bem. Às vezes conversamos sobre histórias do além, sobre sonhos, e tentamos encontrar algum significado. Outras vezes falamos de reencarnação, horóscopo e astronomia, mas ela duvida um pouco da existência de extraterrestres. Diz que é espiritualista, fala que as almas podem ser transferidas pra outros seres. Quem sabe uma flor ou arbusto, um peixe ou gato. Outro dia perguntei o que ela acha que poderia ser numa outra vida. Não quis dizer, disse ter medo de um anjo ouvir e de repente mudar de ideia. É preciso obedecer o mistério, ela diz. E aí eu pergunto, e se Deus for um extraterrestre? E então ela ri, depois pede pra deixar Deus em paz e muda de assunto. Fala das netas, da bisneta que acabou de nascer e ganhou o nome dela, do gato ou cachorro, conta alguma história do passado ou qualquer coisa que aconteceu em casa, como na semana passada quando o aparelho de CD parou de funcionar. Fui tentar ouvir um CD da Gal, queria ouvir aquela música que aparece no conto que você me mandou, não consegui, menina, o aparelho quebrou de vez.

    Eu já falei que ela pode ouvir músicas pela internet, tem os aplicativos de música no celular, mas ela não gosta de mexer no computador e celular é pra ligações. Menina, se nem os últimos livros eu escrevi pelo computador, vou lá ouvir música? Outro dia dei uma mexida, mas aí a Lúcia reclamou porque ele estava com vírus, ficou doente, o coitado, então eu não quis saber mais. Não é pra mim. Deixo minha neta ler e responder os e-mails, reescrever as coisas. Não gosto, não tenho paciência, preciso de caneta mesmo. Nada dessas coisas que não se pode ver nem pegar. Isso causa doença no computador. Eu quero encostar os dedos na música. Tocar os CD's é como encostar os dedos nos sons, nas vozes. Além disso, ele tem aquele espelho com cor de arco-íris tão bonitinho, não é?

    Se ao menos ela usasse vinil, mas CD's? E aí ela insiste que eu pegue o telefone às duas horas da manhã, pois ela esquece que em Berlim já é de madrugada. E nessa noite fria, quando atendo, ela pergunta com a voz um pouco rouca e lenta: escute, meu bem, o que significa odara?

DEZENOVE.

Quando nos conhecemos, eu nem sabia quem ela era. Eu era muito nova e estava começando a pegar o gosto pela leitura.

Fazia pouco tempo que eu havia me mudado do Arouche pro Jardins com a Luana, após começarmos a fazer uma boa grana. Era meu sonho morar naquele bairro de gente rica, passear pela Oscar Freire, olhar as lojas chiques e sonhar um dia com aquelas roupas e bolsas mais caras do que um aluguel.

Devia ser umas três da tarde e fazia um calor muito forte. Eu estava sentada na frente de uma sorveteria, dessas de sabores exóticos tão adorados pelos paulistanos. Tomava um sorvete de cupuaçu e lia um livro que a Luana tinha me dado.

Ela chegou junto de uma outra senhora e se ajeitaram na mesa da frente. Chegaram meio barulhentas, rindo, colocaram as sacolas no chão e se acomodaram nas cadeiras. O calor havia deixado aquelas senhoras cansadíssimas. Se abanavam com um leque e decidiam o sabor, como se tivessem que escolher a próxima viagem a fazer. Miami ou Nova

Iorque? Veneza ou Londres? Paris ou Lisboa?

Eu assistia por cima do meu livro ao sofrimento das duas pra decidirem o sorvete, como se não houvesse nada mais difícil na vida da classe média. Eu lembrei da minha avó que não via já fazia muitos anos. A única diferença era que minha avó nunca usou um lenço de seda no pescoço num calor dos infernos e nunca frequentou uma sorveteria chique pra ficar numa dúvida existencial entre um sorvete de açaí branco ou de uva amazônica.

Soltei uma risadinha por detrás do meu livro, mas saiu um barulho mais parecido com um grunhido animalesco. Ela virou o rosto na minha direção, virou pra amiga que saiu.

E enquanto a amiga fazia os pedidos diretamente no balcão, a velhinha colocou o menu na mesa, me olhou, depois o livro, pensou um pouco.

— Uma tragédia, não?

A senhora apontou pra mim. Fiquei meio assustada e até acreditei que pudesse estar brava por eu ter rido delas. Essas velhinhas, ainda mais as ricas, me davam medo, nunca se sabe do que são capazes, e elas sempre usam da velhice a favor delas mesmas.

— O livro, menina, você não está lendo *Carmem*? Esse sujeito aí não aguenta um fora, não é?

Eu expliquei que havia acabado de começar. Ela me disse pra não confiar no narrador. Contou sobre a teoria de que Machado se inspirou na *Carmem* de Mérimée, e então falou sobre a Capitu, a traição lá dentro da menina assim como o caroço já vem dentro da fruta, sabe, querida, eu achava a moça uma

dissimulada e manipuladora, mas depois percebi, os homens desses livros, dois chorões,
— só tome cuidado pra não achar isso romântico.
— A senhora acha que a Capitu traiu o Bentinho?
— Nunca teremos certeza. O que você acha?
— Não sei, mas se traiu estava certa porque Bentinho era chato pra caramba.

Ela riu. A amiga retornou com os sorvetes. Depois que terminaram, decidiram ir pra casa. Reclamavam do calor e precisavam de um lugar com ar condicionado.

Mas antes de ir embora, a senhora que conversou comigo veio até mim, tocou o meu ombro e disse sorrindo,
— parabéns pela leitura.

Aquele parabéns ficou na minha cabeça por muito tempo. Por que parabéns? Só porque estou lendo? Sei lá, parecia haver algo a mais. Não creio que ela teve a intenção e muito menos imaginou o que aquilo poderia causar, mas só depois de alguns meses eu fui entender um pouco melhor aquele significado.

Estava numa galeria perto da praça Dom José Gaspar. Entrei num sebo e comecei a folhear uns livros até uma revista me chamar a atenção. A escritora falava de seus primeiros trabalhos, uns que não recomendava a ninguém e ficava aflita só de pensar nas pessoas lendo aqueles livros sem importância. *Num país que tão pouco se lê, os jovens não deveriam perder tempo lendo juvenilidades de um escritor.* Noutra página a escritora respondia o que era mais importante: *ser bonita ou inteligente? Por que não podemos ter os dois?*

Fechei a revista.

Uma senhora segurando um gatinho na capa. Parecia tanto um gato que minha vó tinha em casa, e então percebi que não era exatamente o gato.

Era ela.

Eu conheço ela! Eu conheço essa senhora, moço! Moço, aqui, eu conheço essa mulher da capa! Ah, você jura, querida? Sim, eu juro, o senhor tem os livros dela? E ele me mostrou alguns, dentre eles, *As Meninas*, que devorei em poucos dias.

VINTE.

Muita gente não acredita quando conto essa história da sorveteria. Aliás, ela mesma diz não lembrar, mas acha graça e fica feliz de saber desse pontapé que me levou a escrever. E hoje, dez anos depois, ela insiste: o que é odara, meu bem? Estou aqui lendo e nesta parte a moça fala odara tantas vezes e eu fiquei curiosa, pois não tem nada a ver com a música do Caetano. É alguma gíria nova?

Como ela iria saber? Eu ficaria surpresa e acharia até engraçado se uma senhora da idade dela saísse por aí falando essas gírias que saíram da boca das travestis.

Toda mulher deve ter o direito de não revelar a verdadeira idade se quiser. E ela diz ter a idade da terra. Bom, a idade da terra deve ser muitos e muitos anos, e eu repito sempre pra ela: quero um dia ter essa mesma idade.

Aliás, seu aniversário não é semana que vem? Trinta e dois anos? Você comprou aquela vitamina milagrosa que eu te falei? Só tem aí em Berlim. É bom estar pronta para envelhecer. Você sabe, eu tenho ranço de aniversário. Quando tinha dez anos a dona Zazita me preparou uma festa linda. Ninguém apareceu. Também, pudera, esqueci de entregar os convites. Mas o dos outros sempre me lembro. Curioso, não? É uma data boa quando se é jovem. Quando a velhice chega, não dá mais. Por isso você precisa celebrar enquanto está jovem e bonita. E me diga, querida, quando você vai mostrar os seus textos para o mundo? Já disse, não tenha medo.

VINTE E UM.

Depois de ler quase todos os seus livros, fui até uma Bienal. Ela estaria lá e eu queria pedir uma dedicatória.

Minha intenção era também entregar um conto sobre aquele dia na sorveteria e explicar como surgiu: por conta dos parabéns.

Eu estava tão nervosa, quase desisti dentro do ônibus quando reli o texto. Parecia uma grande merda. Ela iria odiar aquilo e me detestar eternamente.

Mas o que é o ódio de uma única pessoa quando você já sentiu na pele o ódio de várias ao mesmo tempo?

Então fui.

Ela parecia muito feliz naquele dia. E aquele sorriso todo dela me deixava tão esperançosa. Não tive dúvidas, ela era a senhorinha da sorveteria. Elegante, bem-humorada. Usava um batom vermelho e o mesmo lenço azul no pescoço, ajeitado como se fosse uma gravata.

A fila era grande, mas era bom estar ali e ver as pessoas segurando os livros. Toda aquela gente aguardando com um sorriso no rosto, esperando por um autógrafo.

Quando chegou a minha vez, ela perguntou o meu nome completo e a origem da minha família.

Se tem uma coisa que eu odeio é falar sobre a minha família. Me dá uma vergonha. Queria ter a coragem de inventar um monte de baboseira, que fui adotada, vivi num colégio de freiras ou fui criada pela minha avó, tia ou professora que me levou pra morar em sua casa, mas enfim, respondi que meu pai tinha morrido há uns oito anos e a minha mãe e o meu irmão não falavam comigo por eu ser uma mulher transexual. Ela fez uma cara de quem não parecia estar muito acostumada com gente brigada com a família, mas então escreveu:

Para a querida Júlia. Uma lembrança afetuosa com um abraço de bem-querer, Lygia. São Paulo, abril de 2010.

Entreguei a ela o papelzinho dobrado. Ela quis ler ali mesmo. Fiquei um pouco encabulada por estar tomando tanto tempo na fila, mas, quando olhei, as pessoas estavam curiosas com o interesse dela por mim e sorriram.

Quando terminou de ler, ela não disse nada, mas o único indício de que poderia ter gostado era o fato de ter pedido o meu telefone. Anotei meu número no caderninho que ela carregava. Dei tchau pra que ela pudesse continuar, pois a fila ainda era enorme, e fui embora sem entender nada.

    Quando cheguei em casa, a reação de Luana foi imaginar que a escritora fosse muito rica e iria nos ajudar com dinheiro e nos dar presentes. Talvez ela precise de companhia, de uma cuidadora, essas senhoras ricas do Jardins gostam de passar tempo com os jovens. Imagina Júlia ela vai te levar pras viagens pela Europa você vai ser uma acompanhante vai carregar as compras. Você segurando as sacolas da Chanel Louis Vuitton! Ai aposto que ela vai te dar uma também pelo menos uma né? E pelamordedeus pegue uma preta porque combina com tudo. Será que ela não precisa de duas mocinhas? Bem que eu poderia ir junto né? Ai a gente devia ter aprendido francês.

    Depois Luana disse que talvez a senhora tivesse sentido pena de mim e quisesse me adotar. Achei impossível, parecia bom demais pra ser verdade, mas por outro lado comecei a me encher de esperança. Eu ficava acordada até tarde lendo os seus livros, falava sobre ela com os meus clientes que nem gostavam de ler, mas achavam bonito uma travesti leitora. Eu sentava neles com um livro na mão e eles pediam que eu não tirasse os óculos, eu adorava, claro, era bom me sentir mais inteligente do que aqueles homens todos juntos, mas comecei a me irritar, eu queria falar com pessoas que gostavam do mesmo que eu, até desmarquei com alguns só pra terminar as histórias de mistério de Lygia, ficar sozinha em casa ou ler no Trianon. Eu queria tanto que ela me ligasse, e então fiquei doente.

Foi numa terça-feira que ela me ligou, uma semana depois, quando eu já tinha desistido, sem nem perguntar como eu estava,

— oi, querida, você não gostaria de adotar um gato?

Deve ser coisa de gente endinheirada ou muito culta começar uma conversa no telefone com uma pergunta ou afirmação direto ao ponto. Nunca entendi. Parecia coisa de dramaturgia mesmo, mas era a vida real, nada inventado.

Ela não fez qualquer comentário sobre o texto, e eu estava extremamente curiosa e aflita.

Lygia continuou, disse que o gato iria me fazer bem por conta da solidão. O gato é o melhor amigo da mulher. Só ele consegue nos entender, sabia? Enquanto alguns homens pensam que precisamos de objetos tangíveis, de presentes palpáveis, tudo o que realmente necessitamos é de um afago. E esse afago o gato nunca se cansa de nos dar. Aliás, você sabia que na China ninguém tem gato? Não vi nem cachorro nem gato por lá. Vê se pode uma coisa dessas! Perguntei o motivo e me responderam que não podem sustentar bichos domésticos. E ainda disseram ser luxos do Ocidente. Tive vontade de responder que não gostaria nada de morar num país sem bichos. Como viver sem um animal numa cidade de cimento e ferro?

Era surreal: Lygia Fagundes Telles me perguntando se eu gostaria de adotar um gato. Só consegui dizer que precisava conversar com a minha amiga, pois ela morava comigo e precisaríamos decidir juntas.

Ela quis saber sobre minha vida, perguntou detalhes da minha família e eu contei a ela as histórias de joão-de-barro, camisetonas, cabelos invisíveis atrás da orelha e a cusparada na minha cara, só não falei de remédios milagrosos e peitinhos, pois seria muita coisa pra uma primeira conversa, ainda mais no telefone. Ela ficou horrorizada, como podiam ter feito aquilo comigo, se tinha amigos, e o motivo de ser tão sozinha, de não ter um namorado, o que não parecia ser tão óbvio até eu compartilhar os casos dos homens-brigadeirões tão decepcionantes que vinham de todos os lados, sobretudo do lado esquerdo de nossas vidas travessas. Ela se apiedou da minha solidão: meu bem, tão bonita e tão sozinha, vou te apresentar um amigo meu, jovem e bonito como você, escritor também.

Lygia me chamando de escritora foi como uma mãe fazendo carinho no meu cabelo. E ainda querendo me apresentar um amigo! Ah, se ela soubesse como é difícil. E os gatos? Não são eles os melhores companheiros da mulher?

Fui dormir imaginando aquele gato em casa. Eu, escritora, acordaria de manhã com seus miados e abriria uma lata de atum pra ele, tá com fome, é? Ele iria se deliciar enquanto passo os dedos no pelo e escolho o seu nome, só que os mais divertidos são os nomes femininos e então o chamaria de Lindsay.

Depois eu iria sentar e escrever um poema enquanto o Lindsay vara entre as minhas pernas. Deve ser bom escrever e sentir os pelos de um gato na nossa pele como uma verdadeira escritora. Certeza de que todas as escritoras têm gatos. Lindsay subiria e atrapalharia a minha escrita toda, já que os gatos amam sentar no teclado e ficar na frente da tela do computador pra pedir atenção. Eu iria pegar o Lindsay no colo e beijar muito e em algum momento ele ficaria muito irritado com a minha beijação toda e me arranharia e eu já muito puta com o Lindsay, mas depois entenderia que isso é um tipo de amor.

VINTE E DOIS.

Na semana seguinte fui com Luana buscar o gatinho. No começo fiquei com receio da minha amiga falar algo que não devia, pois havia enfiado na cabeça que Lygia poderia me ajudar com minha mudança pra Europa. Ela prometeu não falar nada, mas dizia ser uma grande bobagem não pedir. Além disso, eu estava tão ansiosa e havia dormido muito pouco.

Chegamos na portaria do prédio e logo nos assustamos quando o porteiro pediu pra subirmos. Na nossa cabeça, Lygia iria descer e nos entregar o gato na rua mesmo. Era difícil acreditar que uma senhora escritora tão famosa fosse receber duas travestis em sua casa, ainda mais naquela época.

Estávamos tão encabuladas que ficamos nos olhando no espelho do elevador, nos arrumando e perguntando se devíamos mesmo ter vestido um shortinho tão curto, uma minissaia e blusinha de alcinha. Quem sabe algo mais formal? Luana reclamou do cabelo, que deveria ter passado a prancha e Lygia iria nos mandar embora. Não faz a louca, Luana, ela não é assim, e você tá linda, eu que tô com essa cara de sono.

O apartamento cheio de fotografias e obras de arte, tudo bem, dona Lygia? Essa é a Luana, obrigada por receber a gente. Uma estante que ocupava a parede toda repleta de santos, a samambaia enorme, muito prazer, Luana, menina, mas você é a cara da Zezé Motta quando ela era novinha, o cabelo bonito como o seu. Luana tocando o cabelo, ajeitou como se estivesse diante de um espelho, toda feliz que havia parado de alisar fazia pouco tempo, Lygia sorriu ao observar os trejeitos da minha amiga e a sua espontaneidade sincera, eu gosto ao natural, Luana,

— tudo fica mais bonito ao natural, não é?

Fomos entrando pela sala, uma mesa de madeira com uma máquina de escrever, Lygia devagar, toda solícita, sejam muito bem-vindas, pedindo pra ficarmos à vontade e não termos medo da gata, tão manhosa, adora colos humanos, mas odeia gatos, o outro gatinho escondido em algum lugar com medo da G.H.

Coloquei uma almofada no colo. Luana se ajeitou do meu lado. Lygia sentou numa poltrona cromada com assento branco. Cruzou as pernas e acendeu um cigarro, tragou. Os cabelos ainda escuros, uma mecha grande e branca que vinha da testa e seguia até o topo da cabeça.

Eu tímida e nervosa, tantas perguntas sobre literatura fervilhando na cabeça, mas o que saiu foi algo simples de uma conversa com a minha avó, a senhora sempre teve gatos né, dona Lygia? Sim, Júlia. Antes da G.H. eu tive outros dois, o Pungati e a Pungata, tão bravos, não gostavam de ninguém, arranhavam as crianças, a Lúcia e a Margarida, minhas netas, morriam de medo deles. Uns misteriosos, o contrário dessa aí.

O assunto que todas adoravam, os gatos, desde criancinha eu adorava, mas foi mais um dos sentimentos reprimidos pela minha mãe que odiava os felinos, nunca deixou a gente ter um em casa, só cachorro mesmo. A minha história contada no passado, Lygia perguntou se a minha mãe já tinha morrido, mas era o tempo afastada que faziam as palavras saírem no passado como se as pessoas tivessem morrido, como se aquele mundo não existisse mais, engraçado as frases saírem da boca assim, mas não é de propósito, nem por querer mal dela, eu amava a minha mãe, e Lygia muito comovida disse que talvez o coração usasse o passado com a finalidade de se proteger da dor.

Lygia tirou os óculos, os caminhos turvos, querida, e então apontou pra mim. Sabe, Júlia, a distância mais curta entre dois pontos é a linha reta, o jeito mais fácil de seguir, de viver, mas é nos caminhos tortos que encontramos as melhores coisas da vida. Eu admirada que estava, nossa, dona Lygia, a senhora falando desse jeito parece que eu tô dentro de um livro, se eu não fosse quem eu sou, acho que não estaria aqui, falando com a senhora, ouvindo essas coisas bonitas, não teria conhecido a Luana e nem iria gostar de literatura.

Engraçado como a vida molda a gente, um suspiro muda tudo. O meu sorriso cheio de arrepios quando Lygia disse que havia gostado do meu conto, ela achava curioso ver a si própria como uma personagem numa história. Júlia, eu costumo dizer que o conto é a fotografia de uma árvore, mas há alguém atrás dessa árvore. E o seu é leve, parece uma folha de papel voando, mas tem uma história marcante de dor que pesa e derruba. A literatura tem esse toque de dor, não tem? A dor que ela falava, explicou que era uma dor boa que dói de um jeito delicado por cima da pele, mas penetrando pelos poros aos poucos.

— Continue, continue, siga em frente. Vocês me dão orgulho.

O medo de dizer algo bobo, a aflição de estar diante de alguém tão inteligente e importante, mas ao mesmo tempo uma senhora acolhedora e sem montanhas, sabe dona Lygia, eu penso que esse tipo de dor, essa dor cheia de uma emoção boa, ela vem acompanhada de uma meia lágrima. Eu amolecida com medo de estar passando vergonha, isso, dona Lygia, uma lágrima, deve ser besteira minha, a senhora vai achar bobo, mas fico imaginando algumas bobagens, e aí escrevo sobre os choros de dor e felicidade, a meia lágrima é aquela que fica presa no olho sem descer e que carrega uma dor boa, é uma lágrima de amor. As inteiras que caem são carregadas de tristeza. É isso, querida, a literatura é cheia dessas lágrimas pela metade que nos emocionam. Sabe, o escritor precisa fazer as pazes com essa dor e caminhar com ela. Tem que permitir a dor para escrever a dor, deixar a palavra se transformar no amor. E esse amor está, sim, dentro dessas lágrimas incompletas. O escritor é um apaixonado, meninas, mas aqui nesse país... Lygia fez uma pausa, esticando a mão e apontando pra algum canto da sala, como se ali estivesse toda a explicação. Luana e eu seguimos seu dedo com os olhos, mas logo entendi que não havia um objeto específico, era o jeito dela, aquele gesto vago e intenso de quem dá peso e alma às próprias palavras, impregnando o ambiente de significado, e então terminou a frase,

— essa paixão é difícil.

Lygia tragou fundo o cigarro, soltou a fumaça pelo ar. Luana levantou e foi até a estante. Os retratos e livros, santos ou estátuas que eu não conhecia, o relógio antigo de cuco na parede, dona Lygia, agora que vi, a minha vó tinha um desses. Sai um passarinho de dentro, né? O cuco não funciona mais, Luana, uma pena, só o relógio mesmo. Quando quebrou eu mandei arrumar o relógio. Dá azar ponteiros parados. Uma amiga trouxe lá da floresta negra, na Alemanha.

Lygia quis saber se morávamos juntas, tão jovenzinhas e sozinhas naquela cidade maluca. Minha amiga sentou de volta do meu lado, ajeitou a almofada no colo, os dedos contornando os cavalos-marinhos da almofada, contou que era o nosso sonho morar na Europa, ela em alguma cidade da Itália ou até mesmo Espanha e eu em Berlim, o que sempre causava um espanto nas pessoas uma mocinha como eu querer me mudar praquele lugar tão frio, e expliquei que a história recente e trágica de Berlim que eu via nos filmes havia me deixado curiosa e,

— mentira dela dona Lygia, ela tá apaixonada por um boy alemão!

Lygia curiosa puxou a fumaça com um sorriso,

— ah, então você está apaixonada, querida Júlia.

Eu dei uma bronca na Luana com meus olhos discretos, ai, dona Lygia, eu gosto de um rapaz que eu conheci numa festa, mas não é só isso, eu li que tem muitos parques e lagos por lá e que a cidade é plana, super prática pra quem gosta de bicicleta. Morro de vontade de ter uma. Meu sonho também é conhecer a neve.

Luana emendou outro assunto, o nosso sonho de criança, de quando éramos duas bichinhas poc-poc, uma palavra sem sentido pra Lygia, isso, poc-poc, dois menininhos mariquinhas que ficavam usando as roupas da mãe e brincando com as bonecas das primas.

A ponta do cigarro pegando fogo, Lygia soltou a fumaça pela sala, bateu as cinzas num cinzeiro em cima de um banquinho de madeira, riu cheia de curiosidades sobre a nossa infância tão diferente das demais. Luana contou sobre o lenço da mãe na cabeça, havia escondido um lindo que era da avó, e eu que passava maquiagem da mãe enquanto cantava as músicas em inglês e espanhol até decorar e aprender, desenhava as cantoras que eu gostava e admirava, apaixonada por um primo confuso e a coragem de sair vestida de borboleta no carnaval e entregar uma carta pra ele.

 Contei que eu tinha terminado o supletivo um mês antes, a formatura tão bonita, o fotógrafo que fez fotos com aquelas câmeras enormes, a maquiagem que Luana havia feito e Lygia toda querida pediu que eu trouxesse as fotos qualquer dia pra que ela pudesse ver e quis saber se eu fiquei muito tempo sem estudar. Eu era boa aluna, mas parei com dezesseis quando tive que sair de casa. Fiquei anos lendo e estudando sozinha.

 Compartilhei o meu medo de voltar a estudar e me tratarem mal na escola. Eu desse jeito com documento de homem, tão perigoso em São Paulo, né? A amiga da Luana, um anjo que me orientou a fazer o supletivo e me formar em pouco tempo. Terminei em um ano.

 Lygia quis saber a nossa idade, eu vinte e dois e a Luana quase vinte e quatro e então muito espantada porque já queríamos nos mudar de país, mas logo se lembrando que era mais seguro no exterior pra moças travessas, fiquei levemente impressionada que Lygia sabia de várias coisas que aconteciam na vida travesti de meninas como nós, o costume diário de recortar notícias dos jornais pra guardar já tinha mostrado o pouco de nossas tragédias, uma mocinha tão nova, tinha o que, dezoito anos? Era a Laura Vermont que conhecíamos, eu e Luana saíamos com ela de vez em quando, uma mocinha que morava com os pais e era amada pela família, a sua morte horrível e Lygia aliviada por irmos embora, e você quer Berlim?

Pra mim poderia ser qualquer lugar lá da Europa, qualquer lugar seria mais seguro do que onde eu morava. Falam que até os rios congelam em Berlim, é verdade, dona Lygia? Lygia tocando aquele colar imenso no pescoço, ela tão bem arrumada, a fumaça sumiu pelo ar. É uma cidade maravilhosa, menina, mas o frio é de congelar até os pensamentos! A Alemanha tem muitas oportunidades de estudo. Lá a educação é de graça, as universidades ótimas.

Luana animadíssima com a ideia, a vontade de fazer Moda, mas quem sabe Direito, uma travesti advogada bem chique ajudando as meninas a mudarem os nomes e eu estudando Letras, me tornar professora, o desejo de ser escritora e a falta de coragem de mostrar os meus textos. É como se abríssemos a cortina do coração, disse Lygia.

Uma moça entrou na sala, colocou três xícaras de café na mesinha de mármore e um pratinho com biscoitos, sorriu. Ah, meninas, essa é a minha neta. Lúcia, essa menina não é a cara da Zezé Motta? Meu bem, me faça um favor, procure o gatinho pra elas conhecerem.

Cumprimentamos a moça. Elegante, lembrava um pouco a Lygia, o cabelo longo ondulado e escuro.

Tomem um cafezinho, meninas. Esse biscoitinho de maisena, a minha outra neta, a Margarida quem fez, eu gosto muito desses biscoitinhos com café. Mas então, o gatinho... ele é filhote ainda. Ganhamos de uma amiga, a raça se chama Angorá, bem branquinho, parece um floco de neve, o problema é a G.H., não estão se suportando, já brigaram tantas vezes.

Eu ali diante de todas as minhas perguntas ensaiadas, tudo que eu imaginava ser intelectual o suficiente nos dias anteriores pra se perguntar a uma escritora, mas eu olhava aquele colar enorme de Lygia no pescoço e só queria saber quem é que tinha dado aquele nome praquela gata,

— dona Lygia, a gata da senhora se chama mesmo G.H.?

Lygia sorrindo contando que sim, menina, a ideia foi de minha querida Hilda, no começo tivemos ataques de riso, toda vez que íamos chamar, venha comer G.H., cadê a G.H.? Ih, olha lá a G.H., Lúcia, comendo uma barata! Acreditam, meninas? G.H. comendo uma barata. Nós caímos na risada, uma boa lembrança, né? Hilda me deixou o nome dessa gata.

Fiquei presa no filme de Lygia e as netas correndo atrás da gata com a barata na boca até Luana perguntar se era verdade que ela e Clarice participaram de um congresso de bruxaria. Era a Conferência Mundial das Bruxas em Bogotá, mas Lygia não estava lá. A Clarice, disse Lygia, foi uma das convidadas e palestrantes, ela deve estar se perguntando no além o motivo de tal convite, não fazia ideia do que palestrar e leu um conto. Foi pra Cáli que viajamos juntas pra um congresso de escritores latinos. A Clarice era ótima! Ela cedo batia na porta do meu quarto no hotel: Lyginha, as esmerrraldas aqui na Colômbia são barrratas e lindas, vamos comprrrar esmerrraldas! Ah, essa viagem... Fomos de avião e eu odeio avião.

— Ai eu também odeio sabia?

Eu virei meu rosto até a minha amiga, eu sabia de tudo da vida dela, das nossas pobrezas e riquezas, quando é que você andou de avião, Luana?, a gente nunca nem saiu do estado, e ela explicou com o rosto todo ironizado que nunca tinha andado, que odiava porque morria de medo de altura, mas que iria ter que encarar logo, pois

— o meu daddy vai me levar pra San Sebastián.

Lygia confusa com a gíria da época franziu o cenho. Luana não tinha pai, ela mesma havia contado isso e talvez Lygia imaginasse que travestis raramente chamassem alguém de papai ou mamãe, termos mais comuns nas famílias ricas, e muito menos em inglês, pouco provável que uma travesti tivesse um pai gringo, e a minha amiga percebeu que talvez tivesse falado demais, é quer dizer... ele é meu namorado vou viajar com o meu namorado mas continue a história com a Clarice.

Lygia sorriu e até hoje não sei se ela compreendeu, mas então prosseguiu. Ah, eu estava com Clarice e o tempo fechou, tudo escuro pelas janelinhas. Me agarrei ao assento. Clarice apertou meu braço, Lyginha, a cartomante me disse que eu morrerei numa cama, fique calma. Chegamos em Cali e falamos sobre nossas obras. No dia seguinte, a Clarice..., ela tinha aquela fala ótima, o erre assim: ôn, Lyginha, tá muito chaton, é muita falaçón nesse lugarrr, vamos gazetearrr. Ah, a Clarice!

Eu não sabia o que significava gazetear, e Luana me explicou toda pomposa que era simplesmente matar aula, eu também sou um poço de inteligência viu? A mãe professora que usava muito aquela palavra, falava sempre da paixão avassaladora e das coisas românticas da vida e dos livros. Contou brevemente da morte da mãe: eu tinha treze anos.

Lygia descruzou as pernas, trocou de posição, as sapatilhas de couro preto contrastando com a calça marrom. A camisa escura dava mais brilho à medalha no pescoço. Um objeto curioso meio bruxóvico, duas pedras verdes, uma vermelha e uma azul. Eu já estava fascinada há muito tempo por aquele colar, mas é um coração, que lindo esse coração, não tem nada de bruxóvico nele, a luz dele varando pela sala, o gatinho branco se enfiando espavorido embaixo do sofá, o cigarro de Lygia caindo no cinzeiro.

Um gatinho lindo, tão medroso. Luana sugeriu que levássemos ele logo pra ficar mais calmo e se acostumar com a gente, prometeu cuidar muito bem dele: minha mãe dizia que quem trata bem os gatos consegue boa sorte.

Lygia bebeu um pouco de café. Meninas, terminem o cafezinho, comam mais uns biscoitos, querem levar alguns? Voltem logo pra me contar como ocorreu e traga as fotos, Júlia. Ah, ia me esquecendo, eu separei pra você. Lygia pegou um livro que estava na mesinha do lado. Uma edição de cinquenta anos, tão linda a costura, o bordado vermelho. A capa lindíssima.

Você vai gostar dessa história, ela vai te inspirar. Pensei que a profundidade e a beleza poética seriam um presente valioso para uma jovenzinha adulta e escritora como você.

Lygia me chamando de escritora, eu infinitamente tímida e constrangida com o livro, me desculpei por não ter levado nenhum presente, nossa, dona Lygia, eu nem trouxe nada pra senhora, que vergonha, e ela disse que era algo dela, que gostava bastante de dar livros de presente.

Enquanto eu abria aquele livro, Lygia explicava que eu não deveria ficar acanhada com as palavras nem com o tamanho, que eu deveria ignorar a muralha inibidora que o transformava em algo inacessível, pura bobagem, outra coisa, leia cantando, como se Riobaldo fosse um velho jagunço conversando com você na varanda.

Lygia pegou outro livro da estante. Este é pra você, Luana. Eu não imaginava que a Júlia iria trazer uma amiguinha e como não separei mais nada, pensei em dar um meu mesmo.

Luana toda sem graça sem saber como agir depois de tanto tempo sem ganhar um presente, ainda mais um livro, quem é que presentearia travestis com livros? Que título bonito dona Lygia! Quando eu era criança eu brincava muito de bolha de sabão!

Os meus dedos deslizavam pelo bordado do livro enquanto Lygia comentava sobre o início de sua carreira como escritora, da época em que acreditava estar condenada ao fracasso por escrever em português e que só alcançaria reconhecimento se tivesse nascido na França ou na Inglaterra. E aproveitei pra compartilhar que assim como ela eu também vivi com a sensação de não poder realizar certas coisas na vida, simplesmente por ser quem eu era.

Não tem nada que você não possa fazer, querida Júlia. Nada que possa impedir a sua mente de pensar, e mergulhe, viu?, mergulhe como brasileira nesse livro. Permita que as lágrimas de alegria surjam, nem que elas se juntem com as metades dolorosas que você disse. Deixe que elas caiam por pura felicidade de você ter um idioma tão bonito e uma das maiores experiências da Literatura.

Eu toda arrepiada de ouvir Lygia falar quando a G.H. apareceu toda eriçada querendo brigar com o gatinho. Ih, vou pedir pra Lúcia separar as coisinhas dele. Já sabem o nome que vão dar? Gato é um bicho enigmático, não é? Não se dá o trabalho nem de fingir. Um caviloso!

Ela descreveu a palavra que havia saído de moda, embora não houvesse definição melhor pra alma do felino e de certas pessoas que falam pouco, mas observam muito: cavilosidade. Na cave o gato se esconde, ele sabe do perigo. Mas o cachorro se expõe, inocente.

— Ah então eu sou uma cadela mesmo dona

Lygia. Sempre soube disso. A Júlia é uma gata adora se fazer de misteriosa oops! Desculpa!

Fiquei um pouco receosa com aquela frase da Luana, mas Lygia nos olhou com um aconchego no rosto e nós três rimos.

— Sabe, acabei de pensar num nome, dona Lygia.
— Qual, Júlia?
— Caviloso.

VINTE E TRÊS.

Mas então, querida, a palavra... espere, não diga nada, preciso pegar aqui uma garrafa de vinho. Ela chama pela neta que não escuta, deixa o celular na mesa e vai até a cozinha. Posso ouvir seus passos curtos e lentos. Deve estar acendendo um cigarro, seu cigarrinho do final do dia.

    Eu gosto de vinho tinto, sabe? Vinho tinto faz bem pro coração. Ele lava a alma. Com um cigarrinho de menta é ótimo, mas desses ultra light, apenas um por dia. O cigarro ajuda na convivência com os outros. Às vezes não sabemos o que dizer e acendemos um cigarro. Não sabemos como começar uma conversa, então lá vem o cigarrinho. Mas mudando de assunto, querida, essa semana fiquei aqui pensando sobre o que você me contou dias atrás daquele escritor. Te chamar no masculino durante aquela aula, onde já se viu? Você ainda está triste por causa disso? Passou? Ah, que bom. Eu já te contei o que um senhor escritor me falou quando eu era mocinha? Não? Pois é, me disse que, se tivesse pernas tão lindas como as minhas, não iria pensar em literatura. Vê se pode uma coisa dessas? Esses homens são loucos!

    E quando você vem para o Brasil, querida? Precisa vir aqui em casa. A Margarida e a Lúcia reclamam que eu fico pendurada no telefone. Mas veja só, eu quase não tenho saído muito, vou fazer o quê? É porque elas não chegaram a ver quando a Clarice me ligava. Aquela mulher gostava de falar no telefone, viu? Ficava horas. E quando tinha insônia? Me ligava de madrugada e queria falar até as seis da manhã.

    Mas agora me fale: o que significa odara? Espere, pegue lá o seu texto. Quando é que você vai juntar essas histórias num livro? Medo, minha filha? Medo por quê? Bobagem! Bom, vamos ler juntas, e assim você me explica o significado. Leia para mim, querida.

Bebemos uma garrafa de vinho depois de lixar as prateleiras e ele sugeriu, vamos ver um filme? Algo habitual na minha cama e ele perguntou, posso ficar de cueca e camiseta? Tá tão calor.

    Nossos pés roçando pela primeira vez. Não sei quem começou, acho que eu? E um arrepio saindo do estômago com as borboletas que voaram ali. Há tanto tempo queria que você me abraçasse assim, eu disse, com vontade de parecer uma mulher crescida,
mas que ainda carregava
uma ternura caótica
de inexperiência.

    E ele cheirando o meu pescoço,

o sovaco.
    Mordeu a cintura,
me virou,
mordeu a bunda,
me virou,
beijou o umbigo,
a ponta da língua foi descendo
e enfiou a cara na garagem da frente.
    Ficou lá, por cinco,
dez,
vinte e cinco minutos?
    Sugou a minha alma!
    E a minha mão só pensava:
odara!
beijou os bicos,
entrou devagar,
odara!,
pa, pa, pa,
odara, odara, odara!
    E eu ouvindo os sinos da igreja:
blém, blom!,
sino grande bléimmmm!,
sino pequeno tlim, tlim!
E aí a paz...,
o silêncio...,
a preguiça
só com as borboletinhas...
Zzzzz...
    E quando acordei tinha uns bichos feios voando ali.
    Cadê as borboletinhas?
    E ele se trancando no quarto dele.
    Tomei café da manhã sozinha, e ele só buscou um

copo d'água,
mudo,
e o vaso se quebrava de novo, crack!,
derramando todo o líquido, chuáá,
que nem um rio de sangue.
   Fui até o seu quarto:
você só queria transar comigo porque sou trans, né?
Claro que não, sei lá, aconteceu, mas não quero nada sério agora, nem pensava nisso,
mas talvez,
um dia,
as coisas possam se desenvolver né?

   Lygia continua: por que você está rindo, menina? Vamos, estou curiosa. Se você não me contar, ficarei relendo, procurando e procurando entender. Você não sente uma coisa gostosa quando entende? Quando termina de ler um texto? É verdade que nem sempre entendemos tudo e isso não é o mais importante. Eu mesma prefiro ser amada do que compreendida. A literatura é uma forma de amor, não é mesmo? Mas bem, por que ela repete odara no meio do sexo com o moço que divide a casa com ela? É roommate que se fala? Aliás, que sujeitinho, hein? Pra mim, no começo da história, eles iriam ficar juntos. Você me enganou direitinho, achei que daria até casamento. Engraçado essas coisas de casamento. No meu primeiro livro, não há um só casamento, quando fizeram uma novela, arrumaram dez! Eu via aquilo e falava: ai, meu Deus, outro casamento? Aliás, e aquele médico chato? Você ainda está chateada? Eu já falei, não vale a pena se importar com esses homens fracos.

— Lygia?

— Oi, meu bem, pode falar, vou ficar quietinha agora.

— Então, odara significa grande, enorme!

— Mas o que é grande desse jeito?

— Odara é uma neca bela, assim como a música do Caetano, mas é grande!

— Neca?

— Sim, neca é pênis!

— Significa pênis? Ai, ai, ai, minha filha! Acho que vamos todas para o céu!

VINTE E QUATRO.

Engraçado esses tijolos sem nenhum reboco. Lá onde eu morava ninguém achava isso bonito mas agora estão deixando umas paredes peladas desse jeito por aqui. Essas frestas. Lá na casa da minha mãe no muro do quintal esses buracos viviam cheios de ovinhos redondos brancos que nem nuvem. Eram de lagartixas. Por que será que os ovos de lagartixa são redondos, uma estrutura tão fina uma bolha de sabão. Lembro de pegar um pauzinho fininho ficar cutucando as frestas até eles rolarem na mão com cuidado pra não quebrar. Às vezes algum quebrava, a lagartixinha morta, um cocô de passarinho. Adulto tem a pele mais grossa os dedos maiores só criança mesmo não quebra aquela casca tão fina e delicada que nem um suspiro, o doce mesmo, frágil do mesmo jeito. Que nem a vida quando precisa falar das coisas sensíveis. Fico curiosa sobre como ele vai reagir se vai fazer algum comentário ruim se vai ficar bravo. Um assunto tão delicado capaz de romper tudo o que tem dentro. E caso ele quebre aí não tem mais jeito já tá morto. Faz tempo que eu queria pedir contar o que quero fazer como é que se conta esse tipo de coisa? Como é que inicia a frase? O suspiro entra na boca. Basta uma gota de saliva e ele se derrete todo num sopro. Um amor que se desfaz.

    Luana levantou, pegou a calcinha que estava no chão. Vestiu. Era bastante apertada. Ajeitou tudo dentro, se acomodou na cama e cobriu as pernas com o lençol. A Rita quem começou a falar de sexo nas músicas, antes ninguém falava sabia? Ele não ouviu, reclamou que talvez a música estivesse alta demais. Ela pegou o controle remoto pra baixar o volume do aparelho de som. Retirou um fio de cabelo sobre o seio esquerdo e deixou cair no chão. Pousou as mãos sobre o colo. A Rita Lee amor a música que tá tocando, você sabia que as pessoas usavam lança-perfume no passado sem saber que era uma droga? Durante o carnaval.

    O daddy não conhecia, mas gostava de músicas desse tipo, mais felizes, e continuou escrevendo no notebook. A sobrancelha arqueada e os lábios em formato de bico indicavam a concentração.

    — Como assim você não conhece Rita Lee meu bem?

    Luana intrigada tentou entender como um homem mais velho e culto como ele podia desconhecer Rita Lee. Vocês não ouvem música brasileira na Europa? Mas embora extremamente culto, ele nunca havia mergulhado nas músicas brasileiras, preferia algo mais clássico, Mozart, por exemplo, e se inclinou pra pegar o copo de uísque na mesa, o barulho do gelo batendo, tomou um gole, estendeu a garrafa de água.

— Bebe água, amor. Você precisa se manter bem hidratada.

Luana tomou vários goles da garrafa, fechou com a tampa e deixou do lado, na cama. Eu quero te mostrar mais, mas a gente nunca tem muito tempo juntos. Ela contou quantas manchas brancas tinha nas unhas. Uma delas prestes a sair. Uma outra tinha acabado de nascer. Quando era criança odiava, ela pensou, achava tão feias essas manchinhas e tinha tantas, dizem ser falta de cálcio será?, minhas unhas são tão duras e firmes nem pintei essa semana estão tão feias devia ter pintado de qualquer cor.

Ele prometeu arrumar mais tempo pra que ela pudesse mostrar todos os cantores que amava, segurou a mão dela, apertou devagar antes de retornar ao notebook e mover a seta com o toque do mouse.

Luana disse não estar confortável e o daddy quis saber se deveria ajustar o ar condicionado, já que ela costumava passar frio e que talvez precisasse vestir a camiseta. Mas não era isso, não tinha frio. Na verdade, o que queria mesmo era poder comprar algumas coisas, biquínis e lingeries, tantas coisas que desejava fazer, no dia anterior, por exemplo, tinha visto uma peça linda numa loja.

Ele perguntou a cor, mas estava mais concentrado no currículo que examinava de uma nova vaga que ele mesmo abriu na empresa, o candidato tinha estudado no Paraná,

— essa faculdade aqui é boa, mi amor?

Ela respondeu que sim, que era federal. A mão deslizou pelo lençol macio, provavelmente um daqueles de quinhentos fios.

— Um biquíni amarelo bem pequeno, eu queria tanto poder usar.

Luana tocou os próprios mamilos, circulou ao redor da auréola pra sentir a maciez. Oye, amor!, ele disse, se o problema é biquíni eu te dou dinheiro e você vai na loja amanhã e compra uns lindos pra gente ir na piscina do hotel. Ele comentou que a piscina no terraço era vermelha e ela poderia aproveitar o sol enquanto ele trabalhava pela manhã e à noite ficariam juntos, tomariam um drink e relaxariam em volta da piscina, ele havia tirado dois dias pra ficar só com ela.

— O mínimo né, depois de me dar o cano e fazer me arrumar à toa.

Ele ainda concentrado na tela do computador, extremamente arrependido que estava, já pedi desculpas, amorcito,

— mas me conte mais desse maiô.

— Não é maiô é um biquíni,

ela respondeu controlando a paciência, deslizando os dedos pelo próprio corpo, estudando a pele, é que não posso usar é muito pequeno amor. Ele quis saber se não era possível arrumar um tamanho maior, se eles só tinham tamanho pequeno por acaso, o rosto ainda colado no computador e ela explicando que o problema não era o tamanho, mas sim o modelo da parte de baixo, o que pro daddy era algo muito fácil de se resolver. Só arrumar outro um pouco maior, amor, ele disse ainda com os olhos na tela, tem uns tão lindos, os biquínis brasileiros são os mais bonitos.

Luana pediu um pouco de uísque. Ele tomou mais um gole, depois entregou. Ela balançou o copo, gostava quando o uísque ficava mais aguado, não muito forte. Pois é mas os mais bonitos são os que eu não posso usar e isso me deixa triste. Que bobagem, mi amor, ficar triste por causa de um biquíni. Toma um gole de uísque, mas toma mais água, amor, tá muito calor hoje, quer água com gás? Tem no minibar.

— Tô cansada amor. Tô triste.

Ela se aproximou dele, a mão pela barba desceu até os pelos grisalhos do peito, os olhos dele se fecharam junto do beicinho que se formou, o beijo no ombro dela, por que, amorcito? Te dou tudo o que você quiser,

— quanto custa o biquíni?

Ela irritadíssima com ele colado no computador, porra que saco! Você não presta nem atenção no que tô falando! Eu disse que ele não serve

— o que quero dizer é que não me sinto completa entendeu?

A merda do biquíni pequeno demais e o daddy que não dava atenção. A própria voz esquisita saindo um pouco grave, ela se movendo na cama, cobrindo os seios com o lençol como se algum movimento pudesse disfarçar a voz grossa que saiu de dentro dela, repetiu então com a voz agora tão macia quanto uma maria-mole,

— meu sonho é operar amor eu sempre quis.

Ele fechou o notebook, levantou da cama e o colocou sobre a mesa. Não tinha nenhuma mensagem no celular quando verificou. Da janela, o parque Ibirapuera numa escuridão imensa. A janela redonda, tão bonita. Sugeriu que ela fosse correr pelo parque, o dia seguinte ia ser lindo, quando o céu tá estrelado é porque o dia vai ser ensolarado, já ouviu Maria Callas? Que bom que a gente trouxe esses CD's, vou te comprar um daqueles aparatos pequenos de ouvir música, se pode baixar tudo de internet, nem necessita mais levar CD essas coisas, cabe todo no bolsillo. O aparelho de som ejetou a bandeja, ele tirou o CD de dentro e colocou outro. Fechou. Luana já havia falado sobre aquele sonho, mas fazia tempo, ele nunca disse nada, talvez não lembrasse. Eu tô falando sério amor, ela disse, eu queria pedir que você me ajudasse a pagar pela cirurgia, não mude de assunto.

Ele expressou o carinho que sentia por ela, ressaltou que a felicidade não depende de ter tudo na vida, as próprias inseguranças como a calvície e os cabelos grisalhos, tudo que o incomodava, mas não sentia a necessidade de fazer mudanças. O elogio à aparência dela, tão perfeita como estava. A preocupação dele sobre as possíveis desgraças que poderiam acontecer durante a cirurgia. Ele ficaria desesperado. E você não iria sentir mais prazer, amorcito. Já leu o que dizem sobre essa cirurgia?

— Tantas mulheres que se arrependem.

Não, ele não precisa ficar repetindo eu te amo pra que ela saiba do carinho que ele sente, o que realmente importa é o que eles têm: você sabe por que estamos juntos, não sabe?

O hotel tão caríssimo que havia reservado, o café da manhã magnífico, amanhã vamos desfrutar juntos, está bem?

Ela se aconchegou no lençol. Sentiu uma quentura no corpo. Sentou na cama de costas e olhou pro meio das pernas. Uma lágrima inteira escorreu, o quarto em penumbras, mas o abajur perto poderia evidenciar a lágrima caso ela virasse o rosto. Timidamente secou com o dedo. Levantou e vestiu o roupão branco e fechou com um nó. O decote mostrou o colo magro, os seios levemente separados, os cabelos pretos e crespos, o rosto agora mais tranquilo.

Luana caminhou na direção dele, não queria mais discutir, o abraço no pescoço do daddy, tinham quase a mesma altura. Ele a segurou pela cintura, disse que sempre tinha razão e por isso que ela o deixava cuidar de tudo, garantiu que era perfeita sem cirurgias, aliás, quanto era aquele biquíni? Te dou dinheiro e você compra outros três!

Ele segurou o queixo dela, deu um beijo na boca, ofereceu dinheiro pra que também fosse ao salão cuidar dos cabelos, por que tá usando ele assim?

Prefiro quando você alisa, amorcito, tão mais elegante. Ah não sei, ela respondeu, queria deixar ao natural. Sabe amor já que não posso ter aquele biquíni pelo menos eu queria ganhar aquela bolsa que você vem prometendo me dar. Meu aniversário tá chegando. Aquela daquela marca italiana sabe, tem umas tirinhas lindas de couro faz aquele click quando fecha. Dou, amorcito. Dou tudo o que você quiser.

Ela sorridente, Maria Callas aos berros, o copo de uísque na mão, o gelo quase todo derretido. Fechou os olhos e tomou mais um gole. Mordeu as pedrinhas, o corpo aqueceu, essa mulher tá gritando muito amor tá me incomodando vamos ouvir outra coisa,

— amanhã você me leva pro shopping pra comprar aquela bolsa, uma bolsa e uma carteira pode ser?

A preocupação dele sobre os perigos de andar juntos especialmente num shopping. Já tinham se arriscado demais saindo pra jantar, mas ele faz tudo por ela, pois sabe que Luana ama os jantares chiques. Ele iria transferir dinheiro pra conta dela, que comprasse o próprio presente de aniversário e à noite jantariam no restaurante do hotel.

Ela toda feliz se esticou na cama, contou do bicho que adotaram, a Júlia minha amiga ela gosta de escrever, a gente foi esses dias buscar o gato na casa dessa senhora, uma escritora famosa.

— A sua amiga travesti escreve? Escreve o quê? Umas historinhas pornô?

— Nossa amor por que você faz essa cara?
— É brincadeira, amorcito, vem aqui, esquece essa chica.

VINTE E CINCO.

Ela sorri e vai até ele. Os braços em volta do seu pescoço, dá um beijo. A boca do daddy agora cai fazendo um beicinho. Os olhos e a testa franzidos dão a ele a aparência de um filhotinho de cachorro triste.

Ela entende aquela expressão já conhecida e vira de costas, desamarra o nó e deixa cair o roupão. Ela esfrega a bunda no pênis dele que começa a enrijecer.

¡Madre mía!, ele a abraça por trás, aperta o pênis da moça, pequeno e flácido dentro da calcinha. É assim que o daddy gosta. Ele continua a acariciar, leva a moça até o banheiro sem soltá-la. Você desse jeito, só de calcinha, eu não aguento, amorcito, olha a banheira que tem aqui.

Ela sente as solas dos pés no tapete grosso e macio. Ela sabe exatamente o que ele quer, já o conhece há bastante tempo.

Ele se abaixa, alisa as pernas da moça. O espelho grande ao lado: ela está em pé, o daddy de cócoras. O rosto dele próximo do pênis dela, as mãos acariciando por cima da calcinha. Ele esfrega no rosto, cheira, ele gosta do cheiro, ai, amor, ele geme num leve falsete com a testa enrugada e os olhos de cachorrinho pedinte abandonado. Ela sente o pinicar da barba na região e acaricia o cabelo dele. Parece um bucetón, mi amor.

Ele desce a calcinha, puft! Tudo se escapa. Ai, amorcito, me encanta esse teu brinquedo. Que bonitinho!

O daddy se masturba enquanto coloca na boca a gelatinosa pele da moça como se fosse um marshmallow. Ele mama, mama como um cabritinho mama as tetinhas de uma cabra, que macio esse tapete. Ele retira o pênis da boca e continua masturbando os dois, ele próprio com a mão inteira, ela com a ponta dos dedos. Ai, ai, amorcito, que delícia. Tan lindo!, e enfia de novo na boca.

Ela passa os dedos entre os fios brancos, repara que próximo ao topo da cabeça do daddy os cabelos estão ficando mais ralos. Na testa os triângulos cada vez maiores, suados, quase se encontrando com a calvície do topo, a bolsa, ela se recorda, a bolsa. Tão cara aquela bolsa. Uma bolsa e uma carteira.

Ai amor nossa, ela geme, um gemido do jeito que ele gosta, mas ainda sem muito esforço pra deixar mais natural, há tanto tempo deixou de se esforçar, vontade de comer um doce.

São nesses momentos em que ela se sente mais feia.

Às vezes ela diz qualquer coisa, ai amor que

gostoso nossa estou amando: uma péssima atriz de novelas dubladas. Ela começa a rir da própria falta de talento enquanto ele continua a fazer o que mais ama. De vez em quando ela se questiona se o daddy realmente acredita naquela atuação ruim ou apenas finge não notar.

Ela volta a acariciar o cabelo dele, acho que amanhã vou correr no parque mesmo e aí eu passo naquela padaria mara que tem aqui perto comprar aquele quindim delícia. O pênis dela flácido, o que não a incomoda nem um pouco, prefere assim, na verdade.

Ele também prefere. Tan lindo, mi cielo, e então ele dá um beijinho. Ele deita dentro da banheira vazia. Vem, amorcito, ele pede fazendo o beicinho, amorcito, vem!

Ela sobe na banheira, ai ai a bolsa, cada uma das pernas do lado do daddy. Ele deitado, masturbando o pênis ereto e grande, o dela em cima, pequenino e sem vida. ¡Venga, mi amor, ahora! ¡Cómo me gusta!

A bexiga começa a se esvaziar. Um jato quase branco por conta de toda a água que ele a tem obrigado a beber. Venga, que delícia. Que bonitinho!

Ela mira no rosto dele. O daddy abre a boca com felicidade como se estivesse bebendo de uma nascente de águas cristalinas. A água amarela clarinha, pingos delicados pela banheira. Ele ejacula com a voz grossa. Gosma e água se misturando, o coração branco, os pelos escuros da barriga e do peito agora úmidos e melecados.

Um pequeno sorriso encontra o rosto da moça.

Ela esvaziando a bexiga e assistindo a si mesma da primeira fileira de um teatro. No palco, as notas de dinheiro caindo sobre ela, lentamente, uma chuva de papéis dourados. Pendurada no pescoço, a bolsa. Dentro da bolsa, a carteira.

Tão caras.

De grife.

De marca italiana.

Uma bolsa e uma carteira.

VINTE E SEIS.

O vento forte derrubou alguns hibiscos mais murchos e os primeiros pingos gordos começaram a cair no quintal. Os pés de chuchu presos na cerca balançaram. Sentado no quintal de casa, ele enfiou a mão dentro do saco cheio de bolinha de gude e espremeu algumas na palma. O barulho, a sensação do vidro se esfregando um no outro. Tirou uma bolinha e a levou até o olho direito, o esquerdo fechado a fim de enxergar melhor, como é que enfiam isso parece uma pétala de rosa que bonitinha tão delicada, ela é só um pouquinho maior do que esse ovinho de lagartixa, quase do mesmo tamanho olha só, e você ovinho, deixa eu te colocar de volta no buraco do muro você quer nascer né, vai que você cresce e vira um lagarto ou um dragãozinho imagina soltar fogo pela boca. Acho que vou fazer uma casinha um ninho e colocar todos vocês dentro. Quando eu voltar da escola vou fazer um lar.

    Ele depositou um a um os ovinhos redondos do

potinho nas frestas do muro. Contou. Eram quatro. Quis saber quantas bolinhas de gude tinha dentro do cesto. Uma formiga passou trabalhando e ele colocou o dedo na frente até ela subir. Apontou pro céu passando a formiga de uma mão pra outra. Olha lá as nuvens todas voando apressadas tá vendo, tão ficando escuras se juntando uma na outra. Tão rápidas viajando assim deve de tá ventando lá em cima queria poder correr pelo céu bem rápido que nem essas nuvens enxergar o que tem nos outros lugares bem longe viajar pelo mundo visitar vários países. Vou te botar de volta no chão vai então. A mãe falou que se cuidar dos animais mesmo que seja um bichinho tão pequeno a gente vai ter sorte na vida e no final vai pro céu, será que os insetos têm alma?

 A formiga foi de encontro ao tênis e ele moveu os pés pra ela passar. O trovejar lá longe abafava a voz de dentro da casa, uma voz chamando pelo seu nome, mas Lucas pouco se importava em desviar a atenção da curiosidade. Lucas! Lucas! Cadê aquele meu lenço rosa? Aposto que tá nas coisas dele, aquele menino, agora coloca meu lenço na cabeça, esse moleque não tem jeito mesmo, onde é que ele tá?, outro dia colocou o meu vestido, abri a porta do banheiro e dei de cara com ele usando, fiquei brava, é criança, eu sei, mas tenho receio, medo de como vai ser a vida desse menino.

 A mãe apressada no quintal recolhendo algumas roupas do varal. Tá vindo uma chuva! Ela gritou pro menino pegar a mochila e não chegarem atrasados na escola.

— Lucas, o que você tá fazendo aqui, menino?

— Mãe olha que bonita essa bolinha de gude,

ele girou a bolinha de vidro na frente do olho e depositou no cestinho cheio delas. Enfiou de novo a mão lá no fundo, tão gostosa a sensação. Pegou outras duas. Eram transparentes. Uma folha laranja por dentro, a outra verde. Enfiou no bolso da bermuda e esfregou. A mãe com as toalhas no ombro colocando os prendedores no cestinho,

— Lucas, você viu aquele meu lenço rosa?

Mas a criança não sabe onde está, na verdade não sabe nem do que ela está falando e a mãe explica, dá os detalhes enquanto dobra o lençol, aquele rosa forte com flores, era da sua vó, deixei em cima da mesa de passar, a sua prima pediu. Lucas não tinha visto nenhum lenço, como sempre, nada, nunca sabe de nada, Lucas, a gente precisa sair logo pois tá vindo uma chuva, larga isso aí, menino, vai logo pegar as suas coisas, anda, anda, moleque, o seu lanche tá na geladeira, fica aí brincando e não se apronta, aí eu que me atraso, aproveita e fecha a janela do seu quarto, bota o cadeado.

Ele colocou o cesto de bolinha de gude no chão do lado da cama, trancou a janela com o cadeado. A mochila nas costas enorme e pesada.

Enquanto desciam a rua juntos, Lucas perguntou,

— mãe a vó foi pro inferno ou pro céu?

Aquilo assustou a mãe, como pode uma criança perguntar isso da própria vó? É lógico que ela tá no céu, menino, que pergunta mais doida. Mas e se a gente for pro inferno mãe? Ele faz as perguntas pulando os diferentes formatos que tinha na calçada, como é que a criança pergunta algo desse jeito e ainda brinca de pisar só nas partes escuras, pulando as partes brancas, um jogo tão simples enquanto faz umas perguntas tão cabulosas, pai amado, por que você acha que vamos pro inferno, Lucas, por que essas perguntas agora? Ah mãe algumas pessoas devem ir né, na escola falaram que eu vou. Quem é que falou isso? Lógico que você vai pro céu, meu filho, junto da vozinha que já tá lá nos esperando, imagina pensar que vai pro inferno.

 Lucas ficou parado na parte escura da calçada até os dois atravessarem a avenida pro ponto de ônibus. Mãe a vó era muito bonita que nem nas fotos? O sorriso no rosto dela ao falar da beleza da própria mãe, a saudade no peito arrepiou os pelos do braço, ah, ela era bonita viu? Ela parecia muito com a atriz que fez um monte de filme, novela,

 — as pessoas a chamavam de Zezé, a atriz Zezé Motta, sabe?

 — Ah deve ser legal parecer uma atriz queria ser bonita tipo ela.

 A mãe achou descabido aquele comentário no feminino, as crianças falam cada coisa, mas esse menino de doze anos falando assim no feminino é estranho, é lógico que você é um menino bonito, só que a criança não se acha bonita e na escola também não acham isso, e a mãe confirma que sim, ele é um rapazinho lindo e quando crescer vai ser um homem lindo e alto que nem o avô era e vai casar com uma mulher lindíssima, ter filhos lindos,

— mas mãe quem disse que eu quero casar?

A mãe curiosa mas a lotação se aproximava e logo o sinal pra parar e,

— por que você não quer casar, Lucas?

A pergunta enquanto eles entravam na condução cheia de gente, a porta deslizou e eles se espremeram, os dois no meio das pessoas cansadas que não tinham dormido o necessário e Lucas com a voz baixa quase sumindo ainda sem olhar pra mãe,

— não quero casar ué.

VINTE E SETE.

Lucas só teve tempo de virar quando sentiu o tapa na orelha.

— Ei, Verinha, aquele trabalho que eu mandei você fazer, por que eu tirei D e você tirou B, hein?

Lucas colocou a mão na orelha ardida enquanto o menino esperava uma reação, a vontade de revidar, de xingar, mas também o medo e disse não saber de nada, que a professora ia perceber se tivesse feito igual e insistiu que não havia feito de propósito e que tinha feito do jeito que ele queria, mas o outro achava sim uma grande mentira, era sobre o Sítio do Pica-pau Amarelo e você escreveu um monte de coisa nada a ver, de bolsa amarela sei lá o que, seu viadinho, acho que me confundi desculpa eu faço melhor da próxima vez.

O menino segurou o pescoço de Lucas por trás e esfregou o punho fechado na cabeça dele, deu um empurrão e foi pegar um pedaço do lanche de outro garoto.

Na sala de aula, Lucas colocou a bolsa no chão. Aquele tonto ele vai ver ele acha que pode tudo bem feito ele ter tirado nota baixa no trabalho me obriga sempre a fazer as coisas quero ver ele pedir de novo.

Lucas abriu a mochila, tirou o caderno e o estojo, os colocou na mesa, ajeitou o lápis e a borracha, mas antes de fechar o zíper, ele tocou o lenço rosa. Tão bonito o lenço. Cor-de-rosa choque quase vermelho sangue vivo que sai da gente quando faz um machucado e o rosa é o mais bonito, a prima pediu esse lenço mas eu não vou deixar a mãe dar é a coisa mais linda que a gente tem da vó, vai ser meu. Aquela chata daquela tonta me xingou de bicha outro dia nem contei pra mãe senão ela ia ficar uma fera e ela quer tudo e eu não posso ter nada da vó? Só porque sou menino não posso usar um lenço rosa. Vai ser meu e ponto. E fica lindo na minha cabeça. Não vejo a hora de colocar o lenço e o brinco grande que a mãe tem aquele de apertar não precisa de furo então eu posso por. Queria mesmo era furar a orelha. Vi a tia uma vez furando pegou agulha esquentou com um fósforo e fincou ui, só de pensar me dá até um arrepio mas quando eu for maior eu vou fazer nem que a mãe reclame mas vou.

Durante o intervalo ele levou a mochila pro pátio. Ficou com receio de que ela ficasse sozinha na sala. Sentou numa mureta e colocou a bolsa do lado dos pés. Abriu algumas vezes, deu uma olhadinha pra lembrar como eram as flores do tecido e as cores. Estava ansioso pra ter o silêncio, a solidão de casa, o turbante, os brincos e as maquiagens da mãe, quem sabe até algum vestido. A imensidão do mundo dentro do quarto, o mundo cabia nele, a cor do batom que combinaria, ele apertou a ponta da orelha, os brincos na orelha balançaram de um lado pro outro e escolheu o vestido, aquele vermelho, ah, quem sabe tocasse uma música e dançasse e cantasse bem alto, ia estar sozinho mesmo.

Lucas enfiou a mão no bolso e percebeu as duas bolinhas de gude. E aí, Vera, por que tá com essa mochila no recreio, vai matar aula é?

— Meu nome é Lucas.

— Ve-ri-nha. Seu nome é Vera Verão, o que é que tem aí dentro?

Lucas abraçou a mochila, disse que não tinha nada, mas o menino insistiu que Lucas estava sim escondendo algo, o vestidinho, o batom vermelho de bichinha, talvez uma saia ou a Barbie de marica e puxou com força a bolsa de Lucas, vem pegar, vem, e o menino rodou a mochila pelo ar, jogou pro alto enquanto Lucas pulava pra alcançar, as crianças riam, que engraçado, olha lá o bambi, sai, bambi, e o empurrão, Lucas espremeu as duas bolinhas no bolso, o vidro em atrito um com o outro, tão boa aquela sensação na palma da mão, ué, que que tem aqui? Ui, olha esse lencinho da menina. Lucas tentou alcançar, mas o menino era mais alto, mais forte, o lenço cor-de-rosa choque dançava pelo ar nas mãos daquele menino, ele indo embora com o lenço da vó, ui, ui, a boneca vai colocar isso na cabeça, vai? Ou vai amarrar e fazer uma saia? O menino virou, jogou o tecido pelo ar, tão bonito, cor-de-rosa choque, as outras crianças riam num círculo, Vera! Vera! Vera! Lucas atrás, as duas bolinhas de gude se espremeram firmes na mão suada e voaram até a nuca, o que você fez?

VINTE
E OITO.

Dava pra ver as crianças pela janela. Algumas brincavam de roda, balançavam na gangorra ou deslizavam no escorregador, outras corriam e gritavam. Na parede, um crucifixo. Ao lado, um quadro com vários anjos, e pensou nas crianças que moram com Deus, deviam ser como aquelas, ricas e bonitas do lado de um riacho junto dos anjos loirinhos e de cabelos cacheados voando por cima, será que vou pro céu?
— Por que você fez isso, Lucas?
Ele estava sentado de frente pra mãe, os anjos no quadro de mãos dadas dançavam numa nuvem cinza. Lucas, o outro menino foi chorando até a diretoria com um galo na cabeça, foram me chamar lá na minha sala, eu tive que vir, deixei meus alunos com a inspetora. Ele colocou os dedos por debaixo da coxa e esfregou os pés no chão, os tênis encardidos, joguei mesmo a bolinha na cabeça dele mãe, e contou tudo o que o menino tinha feito e que não estava nem um

pouco arrependido, a senhora não falou outro dia pra eu me defender quando brigassem comigo, quando me chamassem de coisa feia? Mas, Lucas, que procurasse alguém.

— Mãe quando a gente chama eles nunca fazem nada e o menino bate num monte de criança.

Lucas precisaria ficar em casa por uma semana, a diretora havia dado uma suspensão, imagina só ser expulso, ia ter que estudar em escola pública porque a mãe não ia ter grana pra uma escola particular, graças a Deus você tem bolsa porque eu trabalho aqui, ah mãe mas se precisasse eu faria de novo. Vai embora, Lucas. Eu vou quando acabar aqui, mais tarde terminamos essa conversa.

Foi embora o mais rápido que pôde, correu até o ponto pra pegar a lotação. Ainda sentia a mesma alegria por dentro que não havia desaparecido mesmo depois do que aconteceu, na verdade estava se sentindo mais esperançoso, nunca havia tido a coragem de revidar e queria juntar todo aquele sentimento bom à solidão. Só queria chegar em casa e ter a delícia do silêncio e do vazio. Era no quarto onde encontrava o próprio corpo e o pertencer.

Jogou a mochila no chão perto da cama, sentou e tirou o tênis. Aquele menino da escola que ódio dele um burrico, queria voltar pra quinta série quando ele não tava na nossa turma. A quinta série foi a melhor série, tinha a professora Célia e ela desenhava umas coisas muito bonitas na lousa uma pena que precisava apagar em algum momento pois ela desenhava com giz e nunca dura pra sempre. Queria que algumas pessoas fossem feitas de giz pra eu apagar e eu ia apagar o burrico da escola, ia pegar o apagador e passar por cima dele depois passava o pano úmido pra limpar e não deixar rastros, outro dia eu tava escrevendo num caderninho, ele me contou que tem pentelho, perguntou se eu já tinha e colocou um no meio do meu caderno e fechou. Era um pentelho muito grande e eu assoprei pra voar. Pelos pubianos é a palavra certa. Mas se a gente pudesse apagar as pessoas de giz, ia também poder refazer outras. Eu ia desenhar a vó, pintar ela bem bonita igual na foto com o lenço na cabeça, se fosse fácil assim..., e eu nem desenho tão bem, e o pior, todo mundo ia tentar apagar todo mundo. Credo. Tudo bem pelo menos eu ia desenhar um cabelo enorme pra mim um cabelo maravilhoso cada dia uma cor. Se bem que eu podia fazer uns cabelos com barbante, tem as fitas velhas de ouvir música dá pra remover toda a fita e fazer um cabelão, isso vou fazer deve de tá naquela caixa na sala. Pena que não fica colorido que nem o giz. Se o burrico fosse de giz eu ia passar o apagador com tudo na cabeça dele deixar ele sem cabeça. Ele acha que eu tenho medo dele só porque ele é grande, eu até tenho, na verdade eu não queria que ele morresse só que ele parasse de me infernizar e eu também num queria apagar o rosto dele porque ele tem o rosto tão bonito.

    Ele estendeu o tecido na cama, passou a mão pra desamassar. Parecia até sagrado. Ele se assustou com um barulho na cozinha. Escondeu o pano dentro da camiseta e foi correndo ver achando que pudesse ser a mãe. Era a gata que tinha derrubado a caixinha de fósforo da mesa. Ah gata danada faz isso porque quer atenção você é muito safadinha hein Diá? Fica só assustando derrubando as coisas. Gata tentada só sabe fazer safadeza. Olha esse lenço Diá. Fica parada deixa eu colocar aqui na sua cabeça. Fica quieta não se mexe. Uma graça em você essa cor rosa, a mãe falou que a vó veio com esse pano da Bahia Deus já levou a vozinha e agora quer levar esse lenço que tem ainda o cheirinho dela. Não tem uns desenhos fofos? Parecem uns caminhos que se juntam com essas flores você quer descer? Não gosta de ficar no colo né? Tá bom vai então. Eu vou enrolar ele na cabeça que nem a vozinha fazia, tem uma flor amarela tão pequena essa maior deve ser hibisco é a que tem no quintal a gente faz chá dessa flor e ela caga e solta um cocozinho branco, de vez em quando eu brinco com a prima a gente arranca essa flor, finge que a flor tá grávida e aí ela caga o nenezinho, ai mas como é que a vó colocava na cabeça eu tento e tento mas não fica bonito igual a mãe faz ficou todo torto olha isso mas tá bom, gostou Diá?

Lucas ligou o rádio e pegou a gata no colo, ela se debateu. Calma gatinha! Você gosta de forró? Tá ouvindo a música?

Eu quero o meu amor
Eu quero o meu amor
Eu quero o meu amor aqui nesse forrozão!

Ele segurou o animal como se fosse um bebê, a gata miou com raiva.
Dança com a mamãe dança.
Eu quero o meu amor na quentura do salão!
Ele girou com a gata no colo, o beijo na testa dela, segurou uma das patas, dois pra lá dois pra cá. Ah agora essa música é mais calma. Diminuiu os passos, a gata resignada se deixando levar pela música. Os olhos fechados da criança, a cabeça pendendo lentamente pros lados. Não é linda essa música Diá? Um dia vou adotar três gatos. Pirilampo, Vagalume e Pirilume. O Pirilume vai ser uma mistura.
Lucas foi com a gata pro quarto enquanto cantava em voz alta, e não é que você gostou Diá? Ficou quietinha. Olha a gente no espelho, só falta eu pôr o brinco agora e o batom. Vai ficar bem mais bonito e,
— ah, mas eu sabia que tava com você!
Ele deu um pulo, a gata caiu dos braços e saiu pelo corredor. Lucas arrancou o tecido da cabeça assustado, escondeu atrás do corpo. A mãe colocou os cadernos na tábua de passar roupas, a bolsa de couro na cama, a senhora não ia chegar mais tarde?
A mãe tinha deixado o lenço em cima da mesa de passar, entregaria à sobrinha depois do trabalho, mas havia sumido, não é possível as coisas sumirem, criarem pernas, onde já se viu mentir desse jeito? Ah mãe não fica brava por favor.
Ele sentou na cama, o lenço no colo, a cabeça se abaixou sem saber o que falar, os dedos nos hibiscos, as folhas verdes, os galhos marrons, as flores amare-

las, tão bonito o lenço. A mãe do lado tocou a perna da criança, eu tô é mais brava porque você mentiu, você nunca mentiu desse jeito, Lucas, nunca pegou algo que não fosse seu, como não vou ficar brava ainda mais hoje depois do que aconteceu na escola?

As pontas dos dedos da criança na haste com bolinhas que a flor de hibisco tem, o que será essa antena parece um alienígena.

— Lucas? Tô falando com você!

— Ai mãe eu já falei que saco aquele menino mereceu ele fica me chamando de Vera, de Vera Verão. Quando a professora faz chamada ele sempre fala lá do fundo que ela errou: é Vera fessora!

A mãe não soube o que dizer. Ninguém pode prever exatamente como um filho será, mas os pais tecem futuros em suas cabeças, e quando a realidade escapa ao que foi sonhado, o susto é inevitável, mesmo que, no fundo, sempre soubessem.

Os dedos nos desenhos do tecido, o menino reclamou que a mãe ia dar o lenço da vó pra prima. E por que você quer ficar com isso, menino? Você não é mulher. A senhora sabe que eu gosto desse lenço.

— Mas não é coisa de homem.

— Mas mãe eu não tenho nada da vó.

Ela retirou a mão da perna dele, colocou nas próprias pernas e alisou, levantou num suspiro que deu a coragem de fazer o que precisava ser feito, o que é que se espera de uma mãe num momento desses?

Ela parou na frente do filho.

Era fato que Lucas não tinha nada da avó.

Na verdade não tinha nada porque tudo tinha se perdido quando a chuva levou a casa antiga embora.

    Ela estendeu a mão e com uma expressão de quem havia perdido tudo, ele entregou o turbante. A mãe chacoalhou o lenço. O barulho do ar cortado. Disse ao menino pra se levantar. Dobrou o tecido e o colocou atrás da cabeça dele, pegou as duas extremidades e as juntou na frente, acima da linha do cabelo. Deu um nó, depois outro, formando um laço perfeito acima da testa. Ajeitou, retirando o embromado com as pontas dos dedos. Organizou o pano por dentro ajustando cada florzinha amarela, hibisco por hibisco. Por fim enfiou as duas pontas que sobraram por dentro do laço e as escondeu, até formar uma flor.

    — Pronto, ficou igual à rosa que sua vó fazia.

    Lucas tocou a flor no espelho da parede, alisou a cabeça. Ele virou de lado, quis ver de perfil o tamanho da rosa, que grande!

    — Uau mãe ficou tão lindo!

    A mãe parada observou a felicidade da criança, ele ainda mais perto do vidro, quase encostou o nariz. Era como se ele e a própria imagem pudessem se ver.

    — Nossa... parece uma coroa.

    — É uma coroa, filho.

    Uma princesa, cochichou baixinho e a mãe quis saber o que ele tinha murmurado, por que falou tão baixinho? Nada não mãe, e Lucas pediu pra ficar com o lenço, a mãe com a mão na cabeça do menino, é seu, mas prometa que não vai mais mentir e nem pegar algo sem pedir. Eu juro pela vozinha. Ela pegou a bolsa e colocou no ombro, não presta jurar, prometer já tá bom, agora preciso ir até o açougue comprar mistura. Ele pediu pelamordedeus pra ir junto com o lenço na cabeça.

Lucas ainda sem acreditar enquanto andava pela rua usando aquele adereço novo. De vez em quando sentia a flor que a mãe havia feito, bem de leve pra não correr o risco de desfazer ou amassar, mãe e se alguém brigar? Aí você fala que usa o que quiser.

Eles chegaram até a rua principal do açougue, esperaram na fila. Uma senhora observou o turbante na cabeça da criança e sorriu.

— Mãe sabia que entrou uma menina nova na turma? Ela sentou do meu lado e a gente ficou conversando ela é pretinha igual eu e tem um nome tão lindo mãe.

A mãe quis saber qual era, mas o açougueiro interrompeu perguntando o que ela iria levar. O frango assado, por favor, seu Carlos. Frango assado mãe? Mas a gente só compra frango assado quando tem algo especial. Lucas desenhou um coração na vitrine embaçada do açougue, o vidro frio contra a pele quente. Ele se afastou e olhou de longe o desenho e apagou tudo com um movimento rápido da mão inteira, uma mancha na superfície cheia de gotas. O açougueiro entregou a sacola, observou a flor na testa do menino. É um turbante, a criança respondeu, e a mãe pediu que o moço colocasse o frango na conta e os dois saíram.

— Mas qual era o nome da menina nova da turma?
— Luana.
— Bonito mesmo. Esse seria o seu nome se você tivesse nascido menina.
— Sério mãe? Eu ia ficar tão feliz com esse nome.
— Por quê?
— Ah porque é bonito ué.
— Mas Lucas também é lindo.
— Mas Luana é mais.

VINTE E NOVE.

Mantive os olhos fechados enquanto minha amiga passava o brilhinho rosa com o dedo nas minhas pálpebras. O meu cabelo preso num coque, as bochechas de pêssego. Duas mechas de caracol que caíam de cada lado do meu rosto. Será que eu passo um batom vermelho, Luana? O pincel de blush preso na boca da minha amiga, o seu rosto pensativo, vai ficar bafo, Júlia, vai combinar com o vestido. A minha amiga faz isso tão bem, podia ser uma maquiadora, uma produtora de moda, imagina que luxo, eu ia ter uma amiga tão chique assim, vestindo as celebridades, frequentando as festas badaladas, ela ia conhecer as pessoas famosas, a gente ia tomar vinho com os atores e as atrizes e ver shows de graça, usar salto alto, vestidos de grife, ela é tão boa nisso tudo, tão inteligente, poderia ter tudo o que quisesse, fico olhando pra ela, os olhos castanhos meio pretos que quase se misturam com a pupila e escondem uma felicidade de existir. Tão mais bonita quando deixa o cabelo crespo natural com esse lenço lindo em volta, as pestanas grossas, a pele negra, um brilho conforme eu viro o rosto, ela me maquiando, eu posso ver todos os detalhes dela, e quando ela sorri a gente consegue ver ela por dentro e por fora. Tudo de tanta doçura, que o entender não se alcança em palavras.

Sugeri que o meu vestido pudesse ser mais justo, que ia ficar mais bonito no corpo. Luana toda autoritária me dando uma bronca de que eu não tava indo trabalhar na pista, tem que ser largo mulher onde já se viu!

O nervosismo, o medo de que usassem o nome morto, o nome do falecido,

— ai mana nem me fale toda vez que ouço alguma pessoa chamar alguém de Lucas me dá até um frio na espinha, viro o rosto já assustada achando que é pra mim.

Minha amiga me revelou que seu nome seria Luana se tivesse nascido menina. Me contou que já gostava do nome antes mesmo de sua mãe falar isso a ela. É engraçado como os nomes parecem carregar destinos, até mesmo os que a gente tem a intuição de escolher, pois não existe outro nome que combinaria com a Luana, era como se a mãe dela tivesse escolhido aquele nome especialmente pra ela e ela tivesse nascido com ele.

Eu emendei a história da minha mãe que acreditava estar grávida de uma menina por causa do formato redondo da barriga, desejou tanto uma filha.

— E ela teve uma né Júlia?

Luana com pena da minha mãe, a cabeça da coitada achando que a culpa foi sua e que Deus realizou o pedido que fez, como é que uma pessoa pode deixar de amar alguém que tá feliz, a gente não devia ficar feliz quando vê o outro bem?

Perguntei à Luana sobre o pai dela. Nossos pais eram um assunto um tanto morto em nossas vidas, o meu era algo que não existia mesmo tendo feito parte da minha infância, já o dela nunca existiu, quando era novinha a mãe ficou grávida de um pai fujão. A vó ajudou na criação pra que a mãe pudesse terminar os estudos e se tornar professora. Ah, que maravilhosa devia ter sido a família da Luana! Vó e mãe perfeitas, mas que tinham sido levadas por Deus.

Luana pediu pra eu fechar o olho, tô quase terminando aqui só falta o rabo de gato. O delineado de gatinho que só ela conseguia fazer. Eu nunca consegui.

— A gente podia adotar um né Jú?

Cheguei mais perto do espelho do banheiro. Virei de perfil. Sorri pra ver se o dente tava sujo de batom. Que perfeito. E eu concordei,

— tanto bichinho na rua, né, amiga?

Comentei do lugar por perto que resgatava e que poderíamos visitar os gatos na semana seguinte. A maquiagem lindíssima no espelho, eu desacreditada de como eu tava bonita, um luxo, Luana falou que eu deveria usar mais batom vermelho, que ficava bom em mim. Esse vestido preto, eu disse, engraçado esse negócio branco, parece um babador.

Falei pra Luana que iria usar meu vestido verde na festa da semana seguinte, um vestido mara com as costas nuas e que parecia o mesmo do filme que a gente tinha visto no cinema, um que a moça derruba o vaso na fonte e depois ela pega o bofe na biblioteca e a irmã vê, um filme babado e a irmã um erro que só caga no maiô e depois faz a pêssega, imagina, Luana, eu pegar um boy magia igual aquele depois da cerimônia!

— A loca!

— Vamos, amiga, melhor a gente sair, não quero chegar atrasada.

— Espera falta algo Jú.

Luana correu pro quarto. Voltou e pediu pra que eu virasse de costas. Colocou as mãos em volta do meu pescoço, ajeitou e prendeu. Toquei o colarzinho. Luana atrás de mim, o nosso reflexo juntas no espelho, as duas provavelmente pensando a mesma coisa: que bonitas! O colar de pérolas lindo com aquela roupa, a maquiagem e o vestido preto junto das pérolas, não precisava nem de um brinco grande, o par pequeno estava ótimo, tudo o que Luana me ensinava com as suas habilidades estéticas que eram praticamente nulas em mim. Ai, Luana, você é tão boa nessas coisas de moda, ainda bem que tenho você, e eu com meus sonhos pelo ar, Luana trabalharia numa loja bem chique em Paris, imagina você bem rica com aquelas roupas caras, eu ia te buscar e a gente ia até o museu, ver o quadro da Mona Lisa, aquelas estátuas engraçadas sem braços, onde será que foram parar os braços?, depois a gente no parque tomando sorvete na grama, a torre Eiffel na frente, eu ia comprar uma bicicleta, andar pela cidade inteira com flores na cestinha e uma baguete ao som de Marisa Monte. Luana encantadíssima, caçando e segurando os meus devaneios, ai Júlia será que a gente se muda pra Paris um dia falar francês tão chique nós duas cheias dos biquinhos oui oui oui, bonjour, bonjour mademoiselle de Belém!

 As poses de Luana. Minha amiga com as mãos ao ar, as suas voltas pelo corredor com as mãos na cintura. O vestido de renda preto colado, ela andava com facilidade de salto alto. E ela ria. Sua risada fazia o coração crescer pra todo lado. Coração de lua cheia que ilumina e reflete no resto das coisas. Lua! Brilho que não acaba. Como é bonita essa minha amiga. No céu: um tapete de nuvens se abre e ela aparece. A Luana: uma mulher. O céu se abaixa e a gente vê: uma mulher como a lua, lua na noite de estrelas vívidas. Como eu sorria a minha alegria de ver a Luana. Os cabelos que ela deixou encrespar assim ao ar com uma coroa em volta. Oui oui oui bonjour. Voulez-vous coucher avec moi? Imagina Júlia. Eu vou arrumar um daqueles cachorrinhos de madame de mademoiselle como chama mesmo, aquele que parece um lobinho, eu andando com ele no meu colo, sentar num café dar de comer pro cachorrinho. Croissant. Ele só vai comer croissant. Com uma coleirinha rosa, quero ter uma cadelinha oui oui oui. Lulu o quê? Como é mesmo? Lulu da Pomerânia. Nós duas rindo sem saber o que significava Pomerânia, quem sabe algum país muito frio que nunca iríamos visitar. Mas pense só Júlia eu vou ser uma madame bem fina e você uma escritora intelectual. Eu com meu cachorrinho enquanto você escreve os seus livros num café. Mas eu escrevo só pra mim, amiga, o meu sonho é ter um trabalho bem normal. Tranquei a porta do nosso apartamento enquanto Luana falava alto.

— Professora de português Júlia! Ou de inglês! Imagina o luxo!

TRINTA.

Descemos o prédio. O porteiro sorriu. Me disse parabéns e eu agradeci. A síndica comentou que estávamos muito bonitas e me deu boa sorte.

    O teatro lotado de familiares dos meus colegas, crianças falando alto. Senti uns calafrios assim que vi aquele monte de gente. Apertei com força a mão de Luana e seguimos de mãos dadas. Eu com medo que eles usassem o nome falecido, tinha pedido tanto pra não errarem. Acho que não irmã. Você não disse que eles respeitavam na escola que tinha o seu nome na lista de presença? Aquela sua professora é tão fofa. Se eles falarem o seu nome de falecido você faz a egípcia finge que não é com você. Agora vai lá e arrasa!

    Encontrei minha cadeira reservada, estava escrito Júlia. Senti meu coração sorrir junto dos meus lábios como se ele estivesse abrindo o seu próprio sorriso. Vi de longe a minha família: as amigas travestis sentando no auditório. A Camila. A dona Carmita dando um beijo na Luana. Como estavam bonitas, todas emperiquitadas. Dei tchau pra elas.

Minha mão suava tanto, precisava o tempo todo ficar enxugando no vestido. Não sei se era o nervosismo por realizar algo tão importante ou se era o medo de usarem o nome errado.

Estavam chamando pela ordem alfabética, e eu pensei, se passar do J e não tiverem gritado Júlia é porque irão usar o outro nome e daí eu não vou, saio correndo pro banheiro, tiro essa beca e fico sem receber o canudo mesmo. Não tem problema, já me formei, depois pego o diploma. Vou embora e fico esperando a Luana. Já erraram tanto, por tanto tempo, mais uma vez não vai acabar comigo.

Só que a professora se aproximou, toda sorridente, me beijou no rosto e disse,

— Júlia, não fique nervosa, vão te chamar pelo seu nome de verdade, vão te chamar de Júlia.

E foi o que aconteceu.

Acho que chorei mais por acertarem o meu nome do que por receber aquele pedaço de papel. Vem aquele choro de felicidade, de meias lágrimas que vão se completando, somando umas às outras, querendo formar gotas inteiras.

E elas caíam.

Eu feliz, mas também com dores de tristeza no corpo sem entender o porquê. Sei lá como explicar essa coisa de nome, acho que só a gente mesmo que sente a importância, a emoção grande quando dizem lá de longe o seu nome verdadeiro e você vai porque é você que estão chamando e não alguém que você nunca quis ser.

    Subi as escadas. As meninas começaram a gritar lá no fundo Júlia! Júlia!, e os meus colegas também. Estendi as mãos, a professora me entregou o diploma e me abraçou tão apertado que me arrepiei toda. Me deu um beijo no rosto de novo, disse pra eu nunca parar de estudar porque eu era uma boa aluna. Nossa, fiquei tão vermelha com aquela bajulação. Devia ser uma timidez, mas também a falta de costume com tanto carinho. Eu queria me enfiar num buraco. Toda aquela gente gritando o meu nome provocou algo estranho em mim, uma sensação de que eu estava fazendo algo de errado. Eu precisava ir embora, ali não era o meu lugar. As vozes do meu irmão, aquelas coisas que ele disse quando me expulsou de casa, a frase da minha mãe que marcou a minha pele. Acenei pra todo mundo com o corpo cheio de dor, o rosto com uma água triste e desci as escadas: eu só queria abraçar a minha família.

TRINTA E UM.

Qualquer pessoa depois de tantos anos talvez não conseguisse recordar de tantas minúcias, mas a saudade me lembra. É verdade que algumas coisas eu não gostaria de reviver, mas outras me dão saudade. Dá até vontade de voltar no tempo pra época de quenga com a Luana. Duas meretrizes. Luana alta, a sua pele negra e brilhante, cabelos crespos, tão bonita. Como que brilhava ela toda. Luana e eu, a gente dava passeio. Sabe o que é parar o trânsito na rua? A gente saía pra rebolar nosso esqueleto nas baladas de vestido colado que marca o corpo todo ou colocava uma blusa de alcinha, enfiava o celular no bolso dos shorts jeans e ia bater perna no shopping ou no parque. Sinto falta daqueles peitinhos de tomate verde, biquinhos duros que eu tinha, nem carecia de sutiã, uma boba, usava bojo pra aumentar o tamanho. Mas as pernas finas de saracura não tinham muito o que fazer, lisas e branquelas que contrastavam com as da minha amiga.

Vez ou outra o sol nasce para nós e o tempo passa e envelhece o nosso rosto, um privilégio que posso sentir. Antigamente o coração desconhecia os barulhos dele mesmo, hoje ele sabe bater com gosto. Sei lá quando a velhice começa a agir por dentro da gente, mas acho engraçado quando me olho nua no espelho e vejo o corpo se encolhendo cada vez mais e formando ondulações. Até gosto de ver, embora eu tenha sido mais alta. É uma experiência que poucas como eu experimentam.

Lembro daquele conto do carnaval que escrevi e me percebo de mãos dadas com a criança que resgatei pra me tornar o meu próprio sol. Cada palavra, cada linha de meus textos foram raízes fincadas na terra de flores amarelas se virando para mim. Girassóis pequeninos, elementos de dor e contradição, mas que funcionaram como curativos. Penso naquele conto e recordo também de ter tido a pachorra de enviar praquele brigadeirão que nasceu na mesma cidade que eu. Não lembro o nome dele, Alexandre eu acho, os Alexandres são péssimos, mas também não importa, já faz tantos anos. E se eu dissesse que não me imaginei chegando aos quase oitenta anos eu estaria mentindo. Imaginei, claro, por vezes tive a curiosidade de saber o que iria acontecer no futuro e se algo bom iria sair de tanto desmatamento que aconteceu nessa vida, mas a única coisa que trouxe foi essa poeira toda que levou aquele azul bonito da cor dos olhos do meu irmão. Eu vivo dizendo pros jovens que o céu era mais bonito antigamente e que era possível beber a água da chuva, mas eles acham que estou brincando. Também estaria mentindo se falasse que não tinha medo de envelhecer sozinha, quem é que iria cuidar de uma travesti idosa? Talvez seja por isso que a nossa sina sempre foi morrer cedo. É Deus e as linhas tortas dele. A gente não tem filho nem neto e não pode nem imaginar uma filha crescendo, envelhecendo e ficando nossa amiga, a última coisa que nos resta é contratar um cuidador, graças a Deus nunca precisei de ajuda eu posso fazer tudo sozinha, imagina só precisar de alguém pra limpar esse rabo velho?

Várias vezes eu me peguei pensando que se eu chegasse tão longe eu iria estar sem fazer nada, só tomando um vinho branco barato e não esse frisante que eu acabei de abrir e gosto tanto, Sekt como diriam na Alemanha, porque antes o vinho era barato, eu nunca imaginei que as uvas ficariam tão caras mesmo aqui onde eu vivo, aliás, as frutas são caríssimas hoje em dia e durante o verão que é bastante quente não se pode deixar nada na pia, nenhuma frutinha sequer, senão lá vêm as moscas que amam tanto aquilo que está azedando. Ontem mesmo eu fiz uma receita à base de detergente, água e vinagre de maçã pois ele tem esse azedo tão delicioso pras moscas do azedume que basicamente é uma armadilha mortífera. Outra coisa que imaginei foram os gatos. Acreditei que estaria rodeada deles num apartamento escuro e alugado com um armário cheio de lembrancinhas, fitas de cetim e embalagens de presentes, potes de margarina vazios, sempre precisamos deles pras amigas travestis levarem um pedaço de bolo ou mistura, ou seja, estaria vivendo com o pouco de dinheiro que eu teria conseguido juntar, porque sabe, travesti é tudo pobre, a gente ganha rios de dinheiro mas acaba gastando todo o nosso acué com cirurgia e embelezamento e estética de primeira linha e esquece das coisas do futuro, quer viver o presente demais talvez porque a gente não imagine que o futuro exista pra mulheres como nós mas existe sim, pra algumas existe, mas veja só que coisa, eu tô aqui tomando essa garrafa de frisante caríssimo enquanto escrevo assim sem parar porque depois eu vou revisar tudo e ao mesmo tempo eu vou olhando essa vista linda da janela da sala, eu sempre sonhei em morar de frente para o mar.

TRINTA E DOIS.

Semana passada eu entrei numa loja pra comprar um perfume e vi que estavam vendendo cheiros de ecossistemas extintos, cheiro da Baía de Guanabara, Madagascar, Calábria, os frascos de vidro lindíssimos imitando formatos de árvores, baía, brônquios dos pulmões, foi engraçado e ao mesmo tempo pesaroso poder sentir o Rio de Janeiro e lembrar da nossa primeira viagem de avião, nós duas estendendo a canga na areia, aquendadíssimas de biquíni, as nequinhas grudadas com fita-crepe perto do edi, eu afim de pegar uma cor e Luana de paquera com os gringos surfistas que amavam aquele paraíso que era o Rio de Janeiro antes de Copacabana ser engolida pela elevação do mar.

    Mas antes de conhecer a minha amiga e o mundo, eu vivi no interior de São Paulo. Lembro de quando eu me trancava e usava as roupas da minha mãe escondida, desde criança fazia isso, uma sapeca passando a maquiagem dela. Sabe o que é criar um mundo dentro de um quarto? Dentro de um banheiro? Porque na rua e na escola você não é você, mas dentro de um cômodo sem ninguém, você é o mundo, um mundo que fica dentro do espelho com batom na boca e um vestido grande que na verdade nada mais é do que uma simples camisetona. A minha infância foi de camisetonas enormes que representavam vestidinhos de princesa. Como eu amava as minhas camisetonas.

Essas brincadeiras de travesti mirim podem parecer um pouco pitorescas pra algumas pessoas, mas são memórias gostosas que guardo e pagam o preço de tanta ruga no rosto e no corpo. Hoje cada ruga minha carrega um cheiro, um vestígio de tudo o que fui, o doce das camisetonas da infância, o calor da areia de Copacabana, o sal das risadas na nossa viagem. O tempo passa, mas os cheiros ficam, aninhados nas dobras da pele.

A minha alegria quando vi meus peitos de gata nascerem tão bicudos foi exatamente o oposto do que meu irmão sentiu ao descobrir que eu estava tomando os remédios de nossa mãe. Até hoje não sei o que ele cultivou por mim naqueles anos, acho que desprezo. O desprezo é um dos piores sentimentos que se pode ter por alguém e o contrário do amor é a indiferença, mas o que sente uma pessoa que cospe na cara da outra? É o que fiquei me perguntando quando ele marcou o meu rosto com escarro.

E como era bonito. Era como o Jesus que tínhamos na parede do quarto de nossa mãe, só nunca teve o cabelo comprido, porque deosolivre de ter o cabelo comprido, homem não, homem mesmo só o Jesus podia, o do meu irmão era um cabelo um pouco loiro escuro com caracóis que giravam na cabeça, a família falava que ele tinha cara de anjo quando era criança, depois foi crescendo e virou um homem alto, um homão que chamava a atenção das meninas da igreja e recebia várias cartas, correio elegante nas festas juninas, a mãe sempre orgulhosa dele.

Era mais velho do que eu. Cinco anos a mais. O que ainda nos permitia brincar de vez em quando. Brincávamos de casinha, que era a minha brincadeira preferida, ele me ensinava a desenhar, fazia tarefa, ia comigo na padaria comprar pão pro café da tarde, uma vez eu implorei pra ele comprar um brigadeirão, mas tínhamos apenas o dinheiro pro pão que a mãe havia dado e aí ele comprou com o dinheiro que ele guardava, mas o doce nada mais era do que um ardil culinário das padarias pras crianças que acreditavam ser um brigadeiro enorme e no fim foi a maior decepção do meu paladar infantil.

Todo mundo amava o meu irmão. Só que ele foi crescendo, ficando mais quieto, passava bastante tempo fora de casa com os amigos, chegava tarde, sei lá aonde ia, com quem andava. Eu evitava perguntar, não queria que ele ficasse bravo. E quando eu comentava com minha mãe que ele quase não parava em casa, ela falava homem é assim mesmo, o importante é ir à igreja rezar e isso ele sempre fazia, toda semana, o que a confortava bastante. Tão religioso.

Por isso a família gostava tanto dele.

Um dia perguntei à minha mãe por que o meu irmão não me ajudava a limpar a casa. Porque ele é mais velho e precisa estudar pro vestibular, você sabe disso. Mas ele estudava mesmo? Não sei, eu nunca via. O que ele mais parecia fazer era ficar no quarto vendo coisas na internet ou jogando videogame no computador. Muitas vezes trancava a porta e não saía mais de lá, abria apenas pra pegar o prato que minha mãe havia feito e levava pro quarto, não vai jantar com a gente, meu filho? Ah, não, estou estudando.

Vez ou outra eu fecho os olhos a fim de lembrar bem daquela época e me recordo de momentos que me enchem o coração, se eu pudesse colocaria o cheiro daquele dia num frasco. Minha mãe cuidando das rosas no jardim na nossa casa da cidade, ela procurava por algum botão pra deixar do lado da santa, a maior que tínhamos. Acho que hoje nem existem mais rosas como antigamente, ainda mais do jeito que minha mãe cuidava com toda a religiosidade que ela tinha. Meu irmão com a música alta lavava o carro com a mangueira. Um calor, o sol deixava o piso de ardósia num fogo, era impossível andar descalço, precisava correr, pular, se não queimava os pés. Na grama eu catava e colocava os tatus-bola do jardim numa lata de marmelada vazia e movia os insetos como se fosse uma peneira pra virarem bolinhas enquanto cantarolava a música assim: *lá vem o meu amigo querido, o tatu-bolinha, ele mora longe, na fazenda da vizinha*. O suor brotava na cabeça e fazia rastros do lado das orelhas e na nuca, dava até uma coceira, juntavam então as moscas do azedume atrás da cabeça que me seguiam pelos lugares enquanto eu brincava. Eu tentava fugir das moscas atraídas pelo meu suor azedo. Engraçado isso de criança ter um cheiro de suor azedo, cheiro de vinagre de maçã, é por isso que as mosquinhas ficam atrás. Meu irmão apertou a ponta da mangueira com os dedos pra molhar as plantas. Formou um leque de água e um arco-íris apareceu. Fiquei paralisada. A gente tinha feito uns experimentos na escola eu acho, me lembro desse dia, a professora tinha explicado bem naquela semana que a luz do sol tem várias cores dentro dela e depois ela passa pelas gotículas de água e se separa, se desviando e se desdobrando em várias cores diferentes. Ele era pequeno, mas tão bonito. Fiquei contando com os dedos pra ver se enxergava as sete cores, até que meu irmão virou a mangueira e eu dei um grito porque a água estava muito gelada e eu comecei a pular e girar a minha camisetona enquanto ele me molhava. A lata caiu no chão, os tatus rolaram, as moscas foram embora. Meu irmão ria, era tão gostoso ouvir a risada dele, não sei por que estava tão contente, geralmente ele brigava quando eu pulava e gritava assim. A minha mãe ria também, ela e eu gostávamos de ver o meu irmão feliz. E eu continuei rodando, tão alegre embaixo daquele arco--íris pequenino.

 E teve a primeira vez, deve ter começado ali. Eu tinha acabado de sair da escola e avistei o meu irmão rindo muito com uns amigos na praça. Corri até ele. Eu queria mostrar um desenho que eu tinha feito durante a aula de educação artística. Um arco-íris bem bonito e embaixo uma sereia sentada numa pedra e o mar bem azul ao redor. Uma pena ter perdido pois era um desenho tão lindo que eu adoraria ter conseguido guardar pra admirar na parede da sala.

Eles estavam vendo alguma revista, mas quando eu me aproximei, eles esconderam. Na época eu não sabia o que era e também não tinha um entendimento estrito das coisas que me aconteciam. Cheguei pulando de um jeito e isso deixou o meu irmão um pouco bravo, com vergonha de mim, pois o rosto dele foi mudando muito rápido. Naquele tempo eu achava que ele era tímido e pouco paciente e só mais tarde eu fui entender.

Os amigos dele riram de mim e eu sem entender o motivo,

— esse aí é o seu irmão? Deixa ele ver, vai que ele acaba gostando.

Ele me pegou pelo braço e me levou embora, o chacoalhão, o desenho caiu na calçada, disse pra eu nunca encher o saco dele quando o encontrasse na rua, ainda mais junto dos amigos. Eu quis perguntar por que, mas ele estava muito bravo, os olhos enormes, azuis e vermelhos.

Não entendi o que começou a acontecer comigo, mas senti aquela dor no peito que ficou indo e voltando por muito tempo. Era uma segunda dor, diferente da dor de amar que carrega uma meia lágrima junto. Ela surge quando a gente pensa que é uma pessoa detestável no mundo, ela vem junto de lágrimas inteiras. Cada uma é um pontinho de dor pelo corpo. No começo doeu bastante, deve ser porque eu tinha só nove anos. Doeu por muito tempo, muitos anos, mas logo eu descobri o que era e fui me acostumando. A idade vai moldando o nosso corpo em torno dessa dor. Não é todo mundo que sente isso na vida. Eu aprendi a reconhecer a sua silhueta e quando vejo ignoro e ela vai embora.

TRINTA E TRÊS.

Meu irmão sempre gritava comigo, mas ele nunca falava aquelas coisas que os meninos da escola falavam. Pelo menos até os meus treze anos quando comecei a tomar escondida os remédios da minha mãe. Eram os remédios milagrosos que deixavam a pele como pêssego. Lembro bem da dor saltitante surgindo nos peitinhos duros, os bicos crescendo redondinhos, pareciam as tampas das panelas de Barbie da prima. Tudo florescia, a voz, a pele e ninguém entendia o porquê. Ficava cada vez mais difícil esconder o meu surgimento, as mãos que amavam se mexer, o pulso que se quebrava, os dedos que colocavam o cabelo invisível atrás da orelha. A minha infância pode ser resumida nisso, cabelos invisíveis atrás da orelha e camisetonas.

 E assim me mandavam virar homem, parar de falar fino, na escola e dentro de casa, minha mãe, pai e irmão, de vez em quando algum parente, esse menino fala mole, né, meio bobo esse guri.

Hoje dou risada, faço brincadeira quando conto essas travessuras de criança pras amigas. Tão corajosa, já era travessa. A travessura é isso: a gente tenta cortar os galhos, arrancar as raízes, mas quando menos se espera a árvore volta a crescer por todos os lados com mais força e num belo dia a gente percebe que tem que se aceitar por dentro e deixar florescer lindamente. Não sei se eu teria sobrevivido se não tivesse deixado a travessura sair de dentro. Aquela cusparada do meu irmão no fundo me trouxe bons frutos. Eu pude viver tanta coisa, morar na Alemanha e na Itália, passei um tempo na França, pude conhecer de graça o cheiro do mundo que existe em frascos. Uma cusparada pode valer mais do que ouro e mudar tudo na vida da gente. Se eu tivesse continuado lá apegada à minha família sendo aquela pessoa que eles queriam que eu fosse, eu seria mais uma caipira do interior indo pro sítio nos finais de semana apartar as vacas e dar de comer às galinhas, ajeitando os cabelos invisíveis e usando as camisetonas, cheia de segredos de cafundó.

O que é pra ser, floresce por si. E ainda lembro das primeiras semanas que eu comecei a tomar os remédios. Eu estava no sítio dos meus pais e percebi o quanto os meus pensamentos estavam diferentes e pareciam mais sensíveis, eu tinha chorado várias vezes naquele dia. Andava pelo campo, varando pelo matagal, já longe de casa. Tinha uma varinha na mão, girava de um lado pro outro, cortando o ar, aquele barulho de ar sendo dilacerado. O cheiro misterioso da dama-da-noite que hoje em dia só se pode sentir nas lojas de perfume. Aqueles formigueiros enormes, morros que as formigas construíam com tanto esmero e que eu destruía com o pedaço de pau. As coitadas correndo loucamente. Elas não tinham nada a ver com o que me acontecia, mas de alguma forma era o único jeito de aliviar tudo. O barulho seco do pau atingindo a terra, as formigas tentando salvar suas pequenas vidas e os seus ovinhos brancos, gritavam socorro, socorro, com aqueles ovinhos nas costas, aquilo me dava uma sensação de poder que eu não conseguia encontrar em lugar algum, nem sobre mim mesma. Fui caminhando sem rumo, queria ver até onde eu chegava, conhecer de perto as folhas das árvores no horizonte com aquela linha meio apagada de verde escuro. Era final de tarde e o sol estava de lado. Diziam ter onça no mato, lobo, mas não me dava medo, eu já tinha atravessado o rio, eu queria ir mais adiante. Era tudo tão vazio mas era aquele vazio que dava ao meu corpo os gritos de liberdade. Uma liberdade que a gente carece de aprender e descobrir e que ninguém ensina, a gente tem que encontrar sozinha. Vi no chão uma casa de barro despedaçada caída de uma árvore, era uma dessas de joão-de-barro. Hoje acho que nem existem mais. Apertou dentro de mim uma tristeza, aquela que não entendemos o motivo, mas sabemos que ela está lá. É a pior de todas as dores porque ela fica dando pontadas no peito. Quando olhei, havia outra casa no mesmo galho grosso, quase pronta pelos pássaros. Atirei o pedaço de pau pra bem longe e voltei embora correndo.

TRINTA E QUATRO.

Escondi por um bom tempo o que eu fazia, até os dezesseis quando meu irmão me viu trocando de roupa no quarto. Viu de longe os meus seios de princesa que eu escondia com tanto orgulho por cima das minhas camisetonas. Chega até a ser engraçado hoje porque ele cutucou com força uma das minhas tetinhas e eu gritei de dor. A dor de ter os nossos peitos de adolescente cutucados ou beliscados é lancinante. Eu falei que não sabia de nada, mas a nossa mãe tinha comentado que vivia perdendo os anticoncepcionais dela, remédios que ela tomava a fim de controlar os sintomas da menopausa, e os dois estavam preocupados porque o meu corpo não se desenvolvia como o de um homem.

    O meu irmão aos nervos. Naqueles olhos dele, do azul claro pra mais escuro conforme a luz, como o céu de todos os lugares, da cidade e do mato, mas agora um azul de fim de dia alaranjando até ficar vermelho.

— O que que é isso, seu merda?

Ele pra cima de mim, o rosto colado ao meu, nunca tão vermelho antes, as veias dos olhos num ódio me arrastando pelo braço até o banheiro e me pressionando contra a parede. Ele bateu a cartela no meu rosto, o barulho dos comprimidos que caíram no chão,

— você tá tomando isso?,

e eu só pude sentir as chineladas queimando as minhas pernas,

— vai! responde!,

e eu não disse nada, não tive coragem, eu chorei, gritei de dor, as chineladas cantando na minha pele ardida e eu só tive a esperança de que ele parasse e eu não precisasse responder, talvez que minha mãe intercedesse e me protegesse, mas isso não aconteceu, ela estava mais interessada no Deus dela. Seus gestos quando tocou o pé da santa, o sinal da cruz e o beijo nas pontas dos dedos, o rosário e as Ave-marias e os Pai-nossos, a sua boca levemente aberta duma oração minúscula e rápida e eu só ouvi o meu irmão gritar e me chamar de algo que ele nunca tinha dito mas que eu já conhecia tão bem:

— tá virando traveco, seu filho da puta?,

e era a primeira vez que eu ouvia aquela palavra e veio da boca dele. Aquilo doeu mais do que todas as chineladas que ele me deu. É por isso que a mãe tá doente, atacando a ansiedade dela! Vai! Responde, seu viado do caralho! As marcas das havaianas nas pernas finas.

— Sim, eu tô tomando, agora para, por favor, para!

E foi assim que ele me atirou pra fora de casa. Minha mãe soluçava de tanto chorar. Só foi muito tempo depois que fui entender a minha mãe. Toda mãe só quer viver em paz, mas cada uma precisa pagar a sua penitência. E nem sempre ela vai estar preparada pro jeito diferente de cada um. Quem sabe ela precise de outra vida pra aprender, se é que existe. Vai ver ela só precise ir pro céu, o Cristo dizer volte e faça melhor desta vez porque você só fez merda, pois o que o Deus quer é que a pessoa aprenda já que nem toda mãe é como a pata que aceita qualquer bicho que sai do ovo ou uma galinha que choca uma ninhada de gatos e o ruim é a gente, bicho desviante, ter que servir de prática, mas eu acho que no fundo tem algo especial por trás disso porque a gente só acaba engrossando a nossa casca de coragem e a mãe a da bondade. Dentro da minha mãe existia uma ternura, um amor de dentro, mas ela não tinha ainda aprendido a deixar esse amor sair.

E o meu irmão, ah, eu pude ver nos olhos dele, aquele azul de céu, o rosto vermelho cor de pitanga madura no pé. Ele falou que eu era responsável pela doença da nossa mãe e a morte do nosso pai, que meu destino era ser encontrada numa valeta e eu não prestava e era um lixo e pecava um dos piores pecados do mundo: tomar comunhão na igreja enquanto eu fazia o que fazia. Ele pronunciou o meu nome de batismo, reafirmou que eu era homem, nunca ia ser uma mulher e ameaçou me matar caso eu retornasse. Só anos mais tarde descobri o verdadeiro motivo que o levou a me expulsar de casa.

Minha mãe arrumou a mochila. Eu olhei bem nos olhos dela quando me entregou. Nunca esqueci o que ela me disse com o rosto cheio de lágrimas.

— Se for pra envergonhar a família, o mundo é grande.

Passei muito tempo tentando decifrar aquela frase que me parecia tão enigmática e abarcava dois extremos: a vergonha e a vastidão do mundo. Hoje posso afirmar com serenidade que escolhi o mundo e deixei que a vergonha fosse sentida por eles.

Desci a rua. As tias olhavam curiosas da janela, os vizinhos silenciosos em frente à nossa casa se aproximavam como as mosquinhas que gostam de tudo o que é de mais azedo em nossas vidas e eu só podia ouvir as pedras que se esfregavam umas nas outras conforme eu andava pela rua de terra e os grilos que começavam a cantar entre os terrenos baldios, os passarinhos denunciavam o começo da noite. Era um daqueles dias bonitos sem nuvens no céu. O sol pela metade dava aquela cor laranja que se mistura com azul-escuro: os olhos do meu irmão. Nunca mais houve céus como aqueles do meu irmão. Eu precisava ir e levar embora a minha presença que era tão deletéria pra minha família, mas desse dia ficou pra trás algo meu, alguma coisa triste mas que era minha. Tem vezes que a gente precisa abandonar, fechar a ferida e esquecer. Era como um esquecimento, talvez uma lembrança que tenha se adormecido por dentro mas que mais tarde eu iria sentir falta e precisaria resgatar.

    Coloquei a mochila nas costas. A vida agora sem foco atrás de mim, uma casa de barro desfigurada.

TRINTA E CINCO.

Por muito tempo tentei descobrir o sentimento daquele cuspe no meu rosto. Desisti. Passei a acreditar nas humilhações necessárias pra fortalecer essa casca tão útil que toda mulher como eu precisa. Casca forte e grossa que aos dezesseis anos me levou caminhando até a rodoviária.

Pelo menos um bom dinheiro e alguns pertences minha mãe colocou na minha bolsa. Uma caixinha onde eu guardava as minhas lembranças e umas economias. Fazia um tempo que eu economizava no lanche, deixava de comprar os livros e CD's que eu tanto gostava. Parece que vamos sentindo, prevendo o dia do acontecimento. A vida nos acode com esses avisos invisíveis.

Falei com minha amiga que eu precisava de um lugar. Cheguei a tempo pra pegar o último ônibus até a cidade grande e sentei lá no fundo. Depois entrou um homem que se acomodou do meu lado. O ônibus começou a andar e as luzes da cidade foram ficando cada vez mais distantes, as árvores escureciam deliciosamente quase sumindo e a luz de dentro do ônibus transformou o vidro da janela num espelho de céu. Pude analisar bem o meu rosto: como eu estava bonita. A pele sem nenhuma mancha, lisa, as bochechas meio rosadas, cheias, ainda infantis e redondas, o lábio de baixo meio grosso, vermelho vermelho. O meu irmão tinha razão pra ficar tão bravo, o cabelo assim, quase no ombro? Uma danadinha que eu era. Ajeitei o cabelo que agora já não era mais tão invisível atrás da orelha, dentro da bolsa tinha uns tique-taques, eu amava os tique-taques, achava as coisas mais femininas que eu poderia ter na vida e eram tão fáceis de esconder nas minhas coisas. Achei bonito o meu cabelo tão bem arrumado. O ônibus subiu uma ladeira e várias estrelas começaram a pipocar pelo meu rosto. A escuridão bonita no céu do horizonte. Me deu uma esperança ver o meu rosto daquele jeito todo iluminado e estrelado do jeito que eu sempre quis ver.

O homem que estava do meu lado falou que eu era muito nova pra viajar sem meus pais e eu respondi que já tinha dezesseis anos e ia visitar a minha tia que morava em São Paulo. Ele perguntou o meu nome e eu disse que era Júlia. Que coisa impressionante é a delícia de poder dizer o nome da gente de verdade, sem medo, porque o medo eu havia deixado, assim como a dependência, e ninguém poderia segurar uma travesti novinha com independência e coragem guardadas na bolsa, sem receio da epífora de lágrimas inteiras que ameaçavam escorrer dos olhos. Aquela bolsa eu carregaria pra sempre. E foi desse jeito que eu abandonei os meus dias de camisetonas e cabelos invisíveis atrás da orelha.

Luana foi me encontrar na rodoviária. A Luana, um tesouro mesmo, a melhor coisa que me aconteceu na vida. A minha sereia embaixo do arco-íris que tinha se perdido. Deus me guiou até ela. Abracei minha irmã com as asas de todas as travestis. E o jeito que ela sorriu. Até hoje está sorrindo. Um sorriso de céu, de estrela que brilha no infinito. Será que uma família toda pode se resumir a apenas uma pessoa?

Ela era a minha. Foi na internet que a conheci, num grupo sobre hormônios uns três anos antes da minha mudança. Ela que me orientou a tomar os remédios da minha mãe. Duas desajuizadas.

Luana da Silva. Aqueles olhos brilhantes como a pele escura de diamantes. A voz, a graça infinita, o sorriso branco, tudo ria ao redor dela. As lágrimas me amolecem toda enquanto escrevo. Vou tomando meu frisante bem geladinho, lembrando das pequenas coisas, porque quando coisa assim se lembra, a gente percebe o que o corpo é: vários girassóis minúsculos. O girassol nada mais é do que tantos girassolinhos por dentro, um mise en abyme de flor. Como é que pode uma Luana tão grande ter tantas outras miniaturas de si mesma por dentro, como se fosse uma matriosca de girassóis?

Quando se começa a amar uma amiga, amor de alma, não de corpo, o amor cresce de um jeito porque a gente ama os detalhes, a miudeza da pessoa. Isso é amar o todo. Amor de flor, de família construída que nasce e cresce primeiro, só então floresce. E isso vem de onde? Do céu, só pode. E depois volta pra lá porque Deus quer esse girassol perto dele. Segurei a sua mão e ela rindo muito me perguntou,

— meu Deus menina que camisetona é essa?

Luana me levou até a quitinete onde morava. Dividimos uma cama de casal nesse tempo. Dormíamos abraçadas quando fazia frio. Como era bom, acho que as duas precisávamos tanto desse calorzinho de corpo. Comecei a me sentir segura a cada dia, mesmo que mais cedo ou mais tarde eu tivesse que enfrentar o que me aguardava. Pude sentir o cheiro da noite, precisava criar coragem aos poucos, devagar, deixar que fincasse por debaixo da pele.

Minha amiga disse que eu precisava de roupas novas e me deu as minhas primeiras roupas. Uns vestidos, saias e blusas dela que pouco usava. Me emprestou também uma sandália. Imagina só a felicidade de vestir aquilo tudo. Era a mesma felicidade de quando vi as minhas filhas nascerem, as minhas tetas de gata prenha.

TRINTA E SEIS.

Naquela época ainda era comum trabalhar nas ruas do centro, mas as meninas já começavam a migrar pra internet. Eu, no entanto, era menor de idade e não podia publicar anúncios em sites como a Luana, que já tinha dezoito anos.

Revisitei o blog que eu mantinha escondida há alguns anos. As minhas fotos antigas na cidade do interior. O corpinho todo esticado com as curvas que os três anos de hormônios haviam me dado. Por vezes em frente ao espelho do banheiro, por vezes escondida em alguma rua do interior onde não me conheciam. Os comentários de anos atrás dos homens que queriam tanto me encontrar um dia. Quando você vem até a capital? Vamos tomar um sorvete, comer um lanche?

Tirei fotos novas com Luana. Fizemos poses, usei suas roupas. Selfies e mais selfies. Saias, vestidos. Poses lambendo um sorvete. Nós duas como duas cadelas de quatro na cama. E a gente ria. Respondi às mensagens, disse que havia chegado. De vez em quando eu marcava encontros de dia mesmo. Alguns vinham de alguma cidade próxima. Queriam me levar pra comer alguma coisa ou passear comigo pelo centro. Reparei o quanto a cidade era larga e alta. Os prédios magníficos. Era bom ser mais uma no meio da multidão, sem ninguém me xingando das coisas tenebrosas que eu costumava ouvir no interior.

    Pude sair com alguns homens que eu conversava já fazia um tempo. Dava umas voltas de carro, uns beijinhos, deixava eles me lamberem aqui e ali. Nada muito além disso. Pedia um dinheiro, cobrava pela companhia dizendo que precisava pagar o aluguel. Eles queriam mais, é claro, mas o que eu ia fazer? Ainda era virgem. Comentei com Luana que precisava escolher logo um homem ideal pra ser o meu primeiro pois o dinheiro estava faltando. Ela disse que isso seria uma grande bobagem porque homem era tudo igual e eu não ia achar ninguém.

    Falei que seria o David, um gringo neozelandês.

    Me emperiquitei toda naquela noite, coloquei um vestido de minha amiga, um tênis branco, me maquiei. Luana tirava sempre com a minha cara, tentava me ensinar, mas eu era uma negação com a maquiagem.

    Nos conhecemos pelo meu blog e saímos pra dar uma volta pelo shopping algumas vezes até eu tomar a decisão. Ele morava em São Paulo fazia dois anos. Era um pouco mais alto que eu e usava óculos. Tinha trinta e dois anos, os cabelos encaracolados mas não belíssimos como os do meu irmão. Ele não falava português, só que na época o meu inglês já era bom o suficiente de tanto cantar e traduzir as músicas das cantoras norte-americanas com um dicionário velho que eu tinha e ficamos por muito tempo proseando. Em alguns momentos eu pedia pra ele repetir alguma palavra por conta do seu sotaque fofo que me agradava bastante, outras vezes por não compreender direito.

Contei que gostava muito de sushi e ele me levou até um restaurante japonês. Ficou sorrindo e observando a minha habilidade com os pauzinhos e me perguntou como eu aprendi a comer com hashi, sei desde os doze anos, um amigo de uma tia fez yakisoba e me ensinou, nunca mais esqueci, e nisso eu emendei o tópico irmão e ele muito espantado quando contei da cusparada e logo compartilhei outras coisas interioranas, e ele hipnotizado e sorridente pro meu corpo magrelo assim que mencionei o tópico anticoncepcionais milagrosos e mamilos que cresceram. Os seus olhos brilhantes disseram diretamente pras minhas tetas que ele gostava muito de mim e me ajudaria com a minha cirurgia e no que fosse preciso desde que eu o deixasse ver e tocar primeiro. Você vai ficar linda com uns peitos maiores, mas não quero que exagere e eu respondi que não tinha mesmo vontade de ter seios imensos e assim ele prometeu que me daria uma parte do dinheiro se eu fosse até a sua casa, um dia a gente sai e compramos umas lingeries e um vestido bem bonito pra você usar na balada comigo e eu achei aquilo extremamente romântico.

Ele morava no edifício Copan, fiquei encantada com o tamanho e o formato sinuoso, na época eu nem sabia que era um prédio tão conhecido. O David disse que qualquer dia desses me levaria num jantar chique no restaurante logo embaixo do seu apartamento, mas só depois de me comprar umas roupas.

O chão da sua sala era todo de cimento queimado, as janelas enormes que enviavam a luz pros lugares com uma perfeição que parecia tudo ser muito caro. Nunca tinha entrado num apartamento tão bonito, acho que foi a primeira vez que entrei num prédio na verdade.

Sentei na cama esperando ele me dizer o que fazer. Ele sorriu, falou que eu tava muito bonita com aquele vestido, passou o dedo no meu ombro e foi descendo as alças. As minhas pernas tremiam, mas era um tremor bom de quem sempre teve vontade de estar de vestido pra um homem tirar. Mordiscou os meus mamilos. Passou a língua por um tempo até eu ficar toda lambuzada da saliva dele. Não vou dar muitos detalhes e nem me aprofundar muito pra não parecer um pastiche de um livro que eu gosto tanto, mas ele me virou de bruços, subiu o meu vestido e desceu com a boca naquele lugar. Eu sabia que muito homem gostava, mas fazia cócegas e eu me lembrei dos cachorros na rua de casa que ficavam lambendo a cadela do vizinho quando ela ficava no cio e eu ri como se eu fosse uma cadela, tá gostando? Eu falei que sim, mas que sentia cócegas. Fiquei com nojo de beijar sua boca depois daquilo que era um tanto escandaloso pra minha primeira vez pois nada mais era do que o meu próprio cu e continuei de bruços, ouvi um barulho de plástico e senti algo dilacerando tudo que me fez gritar de dor. Ah, Júlia!, ele falou e mordeu o meu pescoço. Graças a Deus não durou muito, só ouvi um uh-uh-uh e acabou.

    Nos víamos toda semana. Foi tão bom me sentir amada, desejada. A cabeça aliviou e por vezes me esqueci daquele sentimento dolorido que meu irmão havia deixado em mim e que escorria pelo meu rosto.

    O David sempre me dava um dinheiro e eu guardava pra cirurgia. Luana me disse que eu tinha dado sorte porque homem não paga muito.

    Vez ou outra ele vinha com algum presente, uma roupa bonita, algum sutiã e calcinha que eu pudesse exibir. Pedia pra eu passar esmalte nas unhas e arrumar o cabelo que já estava de um tamanho bom. Aprendi com ele o jeito certo de agradar e de conseguir o que queria, de fingir que gostava com caras e bocas de uma linda mulher e comecei a ficar mais à vontade, mas geralmente era algo que eu preferia que acabasse logo. Me irritava quando ele me beijava demais, sobretudo depois daquilo que ele tanto gostava de fazer no andar de baixo. Sorte que ele não me pedia essas coisas tenebrosas. Também era muito carinhoso e cuidadoso comigo, vivia me falando que sentiu saudades e queria sempre dormir abraçado.

    E teve o último dia. A gente tinha acabado de

transar. Ele deitou na cama cansado, colocou os braços atrás da cabeça e me contou que precisava fazer uma longa viagem até a Nova Zelândia. Mas não se preocupe, Júlia. Eu vou dar todo o dinheiro pros seus peitos e quando voltar eu quero abocanhar eles. Você ainda vai longe, não entre muito nessa vida. Deu um peteleco na minha cabeça e riu. Você precisa terminar os seus estudos. Tenho um carinho por você e quero te ver bem. Me bateu uma tristeza quando imaginei que eu iria precisar fazer o que Luana fazia. Ele acariciou o meu rosto, me deu um beijo e começou a me fazer cócegas pra me ver rir.

    No dia seguinte de manhã tomei um táxi e fui embora levando todo o acué que ele havia me dado. Luana ainda dormia. Acordei a minha amiga e a chamei pra irmos ao shopping. Escondi parte do dinheiro no fundo de uma gaveta e coloquei outra parte comigo na bolsa. Nos arrumamos. Vesti uma minissaia jeans e uma blusa de alça. Luana pediu emprestado o vestido que eu ganhei. Ficou tão justo nela, o decote bonito, me senti uma tábua por perto, tão magra que eu era. Ela quis me ensinar a me maquiar antes de sairmos, me colocou sentada numa cadeira e me deu um espelho. Passou um pouco de base, disse que eu não precisava muito porque não tinha espinhas, depois um pouco de corretivo nas olheiras que também eu quase não tinha e me ensinou a fazer um delineado de gatinho mas esse era praticamente impossível eu nunca consegui fazer, imagina hoje que sou tão velha e a mão já não tem os mesmos movimentos precisos de antes, e ela falou que eu poderia simplesmente usar o rímel que tornaria mais expressiva a curvatura dos meus cílios,

— sabe Júlia os olhos são a alma do negócio,

mas ela estava sendo irônica porque na verdade a alma do negócio era outra coisa que ficava mais embaixo e então ela empinou o rabo.

Ah, a felicidade de ganhar uma grana boa assim tão rápido, é como ganhar na loteria. Comemos um lanche e tomamos um suco, experimentamos umas roupas de marca, dei um presente à Luana, uma saia dessas de colegial que estavam tão na moda. Comprei um celular novo. Época de quando o celular ainda era artigo de luxo, deviam ser mais caros que as uvas de hoje em dia. E, olha, eu tive a maior alegria da vida, parecia uma criança que recebe um presente de Natal. Um celular pra tirar foto. Ah, meu Deus, aquilo foi um espetáculo. Eu abri o telefone e fiz uma selfie com a Luana. Depois coloquei no bolso de trás dos shorts jeans e saímos desfilando como se aquilo fosse grande coisa. Parecia tanta grana. Ainda bem que não levei todo o dinheiro, pois foi indo embora que nem água de rio.

Mais tarde eu acessei o meu blog e escrevi em qual rua eu estaria trabalhando nos próximos dias. Queria guardar a maior quantidade de dinheiro. Luana me contou suas histórias, homens que não valiam um chinelo de dedo arrebentado e me aconselhou a pensar sempre em mim e somente em mim porque ninguém mais iria pensar. A gente tinha passado por um boteco e acabado de tomar um café, Luana comprou um pastel e eu um encapotado de frango que comi aos poucos pois me lembrava o interior. Descíamos até a pista com o meu bolinho enrolado num guardanapo enquanto Luana me dava as dicas, dizia pra eu tomar cuidado com certos tipos de pessoas e travestis problemáticas. Dei uma mordida no meu encapotado e conforme mastigava eu pude sentir o que não deveria pertencer a uma receita do bolinho de Deus, varou entre os dentes e eu fui tirando de dentro da minha boca como se fosse um fio dental e a minha única pergunta enquanto eu retirava aquele cabelo que não era meu e não parecia acabar nunca era se eu deveria engolir o pedaço do salgado que já estava dentro da minha boca. Consegui chegar no fim daquele fio eterno e assim surgiu outra questão: quantos cabelos alheios já não comemos nessa vida sem perceber? Luana riu sem governo e eu joguei no lixo o resto do bolinho que nada tinha de Deus.

TRINTA
E SETE.

A pista estava anoitecida. A lua grande lá no meio dos prédios querendo subir mais. Era entre os prédios que ela enviava seu luminoso raio, entre as árvores que pouco existiam na cidade. As estrelas quase apagadas eram engolidas pelas luzes dos postes. A pista é assim: a luz de mentira ofusca os brilhos verdadeiros que vêm do céu.

    Fomos descendo a rua, uma enganchada no braço da outra. Luana me disse pra eu me proteger e me deu um canivete de presente pra guardar na bolsa. Ainda sonho em sair dessa vida, amiga, vou te levar até lá, mas já vai pensando em alguma saída. O plano dela era conhecer uns homens mais ricos, por isso Luana vivia na internet e era lá onde deveríamos trabalhar.

    Decidimos juntas que nos tornaríamos verdadeiras bonequinhas de luxo, ou melhor, travestizinhas de luxo que nada mais são do que as travestis que acordam sempre belas com café da manhã na cama e o único problema aparente seria qual bolsa escolher pra levar o cachorro pra passear sem se preocupar com a questão do vinho e das uvas que tão cedo ficariam cada vez mais caras. Quero juntar bastante acué e ir embora pro exterior, ela disse, e você deve colocar o mesmo na cabeça, os homens que vão procurar meninas como nós nesses lugares são os piores, perigosos e sacanas, sempre querendo passar a perna, você vai encontrar de tudo, amiga. Só é possível o que em travesti se vê, o que por travesti passa.

 Eu já sabia mais ou menos como ia funcionar e as coisas que teria que fazer pois eu lia na internet e ouvia as histórias das meninas, mas nunca pensei que iria passar por certas situações periclitantes que me fariam cada vez mais querer encurtar aquele tempo da minha vida e por isso eu rezava todo dia antes de sair de casa. Foi ali que sem mentir eu acreditei que o inferno é possível. E se ele existe é porque tem o céu. E nós queremos é tocar o céu também, pois é na reza que a gente limpa a alma, fica mais leve. E ninguém vai impedir uma travesti de rezar. Vamos rezar até na pista se for preciso.

 Só que rezar não tira o cansaço. E após uns dias eu caía dura na cama e foi por isso que resolvi dar mais atenção pro meu blog e continuar encontrando os homens durante o dia e em outros lugares. Eu cobrava pelos passeios, acompanhava os fregueses, pude frequentar lugares que eu nunca tinha imaginado um dia frequentar. Teatro, cinema, bares e restaurantes, até shows e concertos. Alguns só queriam companhia, outros, conversar. Luana fazia o mesmo. Ela dizia que nada tinha que ser de graça. Esses homens querem usar a gente, então vamos usar também.

Mas aquilo tudo não era o bastante. A gente queria mais, a gente precisava de mais. Ser travesti nunca foi barato.

De vez em quando apareciam uns rapazes muito bonitos e eu gostava de sair pra prosear. Algumas vezes eu me iludia acreditando que iria ter algo mais sério com um deles. Luana brigava, falava que nenhum prestava, que precisava tirar aquilo da cabeça, deixe sempre muito claro que ele vai ter que pagar se quiser, nunca faça nada de graça, bote na sua cabeça que isso é um trabalho e não diversão.

Nunca compartilhei com minha amiga, mas tinha momentos em que eu saía pra dar uma volta com um rapaz bonito desses que me apareciam, jovens como eu, dezessete, dezoito anos, e ficava imaginando que ele ia me pedir em namoro, quem sabe a gente ia ser tão bonito junto que até minha mãe ia querer nos conhecer, talvez até o meu irmão. Parecia que a Luana estava dentro da minha cabeça porque ela já adivinhava toda vez que eu queria assistir Uma Linda Mulher, tá apaixonada por algum macho né pode ir esquecendo porque é pobre e esses são os piores, além de não terem acué nenhum desses bofes vai querer assumir algo com uma travesti por mais mapô que a gente for. São tudo um bando de maricona isso sim.

    E não é que a danada tinha razão? A partir daquela fase da minha vida eu conheceria os homens-brigadeirões, tão bonitos mas que na primeira mordida seriam só decepção, um ajuntado de restos de outros bolos amassados numa bolota imensa com um perfume ruim, uma miragem de homem que no fundo era só massa amanhecida envolta num papel branco sem qualquer cuidado com a estética de se vestir. Mas, ah, os gringos, esses eram que nem uma sobremesa francesa da vitrine com camadas leves e recheio saboroso. Quando a gente conseguia um, era como morder o céu. Eles eram o nosso sonho açucarado.

TRINTA E OITO.

Nossa diversão, minha e da Luana, era desfilar no shopping. Foi numa dessas tardes, numa de nossas saídas que eu o vi. Inventamos de ir pra um lugar mais caro olhar as bolsas de luxo na vitrine. Passeamos por lá de um lado pro outro, rebolando. Ouvi a voz dele, inconfundível quando passou atrás de nós. Me perguntei o que ele estava fazendo em São Paulo e mostrei pra Luana. Ah, mas ela não perdeu a oportunidade. Eu pedi pelamordedeus pra ela não fazer nada, mas ela nem me ouviu.

Ele estava andando com uma moça de mãos dadas, Luana chegou gritando,

— ah então é você o filho da puta esse aqui bate em travesti, olha aqui gente esse mesmo colocou a irmã novinha na rua! Teve que virar puta!

O meu irmão paralisado, roxo de vergonha, de raiva, sei lá o que ele sentia por mim. A moça que estava com ele completamente chocada, uma magrela, devia ser uma dessas bobas que ele queria apresentar à nossa mãe.

Luana teria ficado muito brava se soubesse, mas esse encontro me deixou mal por um bom tempo. Eu disfarcei muito bem, mas no fundo eu queria ter falado oi, ter abraçado ele, coisa de irmãos.

Hoje dou graças a Deus que ele me viu com as minhas roupas novas de boneca, toda biscatinha que eu tava, o cabelo arrumado, minissaia jeans, deve ter sido um tapa na cara eu não estar vestindo as minhas camisetonas.

Puxei Luana porque os seguranças já estavam se aproximando, e a gente foi embora. Ela toda orgulhosa por ter me defendido, esse seu irmão é uó, sambei na cara dele. Eu ainda olhando pros lados, com a esperança de que ele viesse atrás de mim e me pedisse desculpas, como eu era boba. Eu disse à Luana que ela não devia ter falado nada, que talvez ele tivesse ficado muito bravo.

— Ele que exploda Júlia!

Talvez ela tivesse razão, mas eu não conseguia afastar aquela sensação de que alguma coisa tinha se quebrado por dentro.

Luana me confortou, disse que eu não era uma tonta, mesmo que eu me sentisse uma. Pra ela aquilo não era família. Famílias são ligadas por uma corrente de amor. Ali só existe ódio.

Se a gente não tivesse saído provavelmente iam dizer que estávamos causando, inventar qualquer coisa, que a gente estava fazendo a elza. E enquanto caminhávamos, Luana colocou o braço em volta da minha cintura e perguntou sobre o meu pai.

Meu pai sempre foi um desconhecido pra mim. Conversava comigo através da minha mãe, seu pai disse isso, seu pai disse aquilo, falar diretamente comigo parecia ser um tormento. Ele morreu quando eu tinha uns quinze anos, de infarto.

Luana não ficou nada surpresa. Sempre botavam a culpa nas travestis, a minha história era só mais uma dentre tantas outras parecidas.

Claro que meu pai reclamava de mim, mas a verdade era que ele também nunca se cuidava, o colesterol lá em cima, comendo churrasco e bebendo todo dia, fumando sem parar, quem é que aguenta? Por muito tempo eu cheguei a acreditar que era minha culpa, que de alguma forma eu tinha contribuído, mas e a raiva que a pessoa guarda dentro dela? Não devia ser isso que estava corroendo? O corpo não aguenta a podridão interna Júlia. E eu sabia que Luana tinha razão. Parecia tão óbvio. Agora pare de chorar vou te levar até a melhor sorveteria de São Paulo lá na Augusta.

Pra Luana não fazia sentido eu me entristecer por causa de um irmão que não merecia nenhuma das minhas lágrimas,

— ele não vale nem uma água de chuca Júlia.

Só a minha amiga mesmo pra me fazer rir numa hora dessas, disse que ia me fazer rir por muitos anos até o dia em que estivéssemos velhas, o silicone caindo no umbigo, ela procurando os óculos e eu rindo porque eles estariam na sua cabeça. E, claro, ela rindo ainda mais porque eu teria esquecido de colocar a dentadura. Graças a Deus eu sempre cuidei muito bem dos dentes e ainda tenho todos.

Ah, aquele calor no peito, a gente sabia que se amava. Luana me dando um beijo no rosto, prometendo que no final de semana iríamos usar nossas roupas novas na balada, bater cabelo e dar close. Perguntei sobre a família dela. Luana tinha treze anos quando a mãe faleceu, aquilo tinha sido a pior coisa da sua vida. A mãe era o seu tudo, aqueles turbantes com uma imponência de rainha, e ainda deixava Luana ser quem realmente era, tudo tão raro, quando a gente tinha alguém assim na vida, Deus acabava levando embora. A nossa injustiça travesti.

Talvez Deus precisasse dela pra alguma coisa lá no céu, Júlia. E eu toda insensível com a crença de minha amiga, ai, você acredita mesmo nisso de céu? E ela convicta falando de Deus, que a gente ia pro céu junto das nossas amigas e do pessoal todo que frequentava a balada. Imagina a delícia que deve ser o nosso céu!

— O céu é um darkroom, gata?

Luana me chamou de tonta, disse que o céu não era nada daquela coisa cheia de gente ruim e faladeira que só sabe fofocar e maltratar os outros. Um céu bem travesti, com as pessoas que moram na rua, os moleques que vendem coisa no farol. E eu vou te apresentar à minha mãezinha. Ela era tão boa.

E bonita viu, se fosse viva ela ia te adotar tenho certeza.

Luana nunca soube direito do que a mãe havia morrido, foi ficando doente, sem conseguir trabalhar, nunca quis contar o que tinha, talvez pra não assustar a filha. O tio ficou com a casa, Luana morou com ele e a família, mas o tio era violento. Batia nela, tentando fazer com que virasse homem, arrancando tudo que a mãe tinha dado de bom. Acabou morando nas ruas até parar na pensão da dona Carmita. As meninas de lá são incríveis Júlia tenho que te apresentar.

Eu quis saber por que ela tinha saído de lá, já que parecia ser um bom lugar. Luana queria morar sozinha, ter o próprio cantinho e por isso alugou uma quitinete. Mas agora, me olhando com carinho, disse que não queria mais morar sozinha. Ela queria morar comigo. Eu era a família dela.

— A família só pode ser gerada por quem é capaz de amar Júlia.

TRINTA E NOVE.

Assim que eu abandonei a vida de camisetonas e cabelos invisíveis atrás da orelha, algumas vezes passou pela minha cabeça como seria a minha vida de velha, veja só, a gente acaba se acostumando com a idade de Jesus Cristo que foi preestabelecida pras travestis e não tende a ficar sonhando com rugas e ondulações corporais, aliás, a velhice é algo sofisticado demais pra ser experimentado numa vida travesti e paradoxalmente vivemos uma vida luxuosa de embelezamentos pois como dizia a Luana, a alma do negócio é o rabo.

Não somente o rabo, travesti de verdade precisa de peitos grandes, quem não tem peito é um viadinho de saia, diziam as travestis, e foi por isso que depois de alguns meses eu fiz a cirurgia. Até que foi bem barato pra época. Mas olha o babado, foi feita num consultório. Imagina só os riscos. Eu acordada sem conseguir dormir, o médico colocando o silicone dentro de mim, graças a Deus não senti nada.

Havia diversas histórias cabulosas de meninas que sentiam dores, que saíam de lá com os peitos menores do que o combinado ou muito maiores. Era o doce. Pelo menos eu tive sorte. Depois soube de uma moça que morreu enquanto dormia durante um incêndio nessa mesma clínica. Todo mundo saiu correndo e deixou a pobrezinha lá respirando fumaça. Houve culpados? Claro que não. Ninguém ia preso por matar cadelas como nós.

Pois bem, após uma semana já estava de volta trabalhando rodando a bolsinha. Lembro das pontadas de dor nos peitos como se fosse hoje, mas eu precisava juntar de novo todo o dinheiro que gastei pois a gente carecia dele pra manter a rotatividade dos sonhos e por isso eu dizia pros clientes que só sairia com eles se eles tomassem cuidado com meus seios novos. Eles respeitavam, mordiscavam devagar, passavam os dedos de leve, pegavam com carinho sem apertar e lambiam com delicadeza. Doer doía, mas a felicidade era maior do que a dor.

Tanta loucura, a sorte de não encontrar um doido.

Mas ser bonita e feminina era tudo pra uma travesti novinha como eu: cheia de sonhos.

E esses sonhos,

eles transcendem o chão por onde as travestis transitam.

Acho que foram os sonhos de cama quente e chuva mansa que me transportaram até que eu pudesse deixar a pista.

A pista.

Tudo acontece por lá.

A pista é como o sertão.

    As travestis são os jagunços que vêm
do mesmo brejo que transborda
    e vira os rios
           que
                 são
                        as
                               ruas
                                      secas.

    A pista é a nossa trilha, nosso traço de
resistência,
    a gente atravessa
com suor, lágrima, medo, desejo, a gente
transfigura
pela noite, o corpo
por dentro
transcende, a gente
transforma
o caminho, um rasto transviado, a gente
traça
o destino,
transitando com a nossa existência
pelas aspas
de uma liberdade
interna e intransportável.
    E então eu procurava a lua. Tantas vezes ela aparecia tímida entre os prédios querendo brilhar aquelas ruas.

As luzes dos postes cheias de
besouros
      E
       N
        L
         O
          U
           Q
            U
           E
          C
          I
         D
        O
       S

    Alguns graúdos de patas afiadas que por vezes grudavam no nosso cabelo e na nossa roupa.
    As motos cantando,
os carros parando.
    De vez em quando caçoavam de nós,
jogando qualquer coisa
pra nos irritar(!)
    Em alguns lugares,
nos cantos das ruas,
vinha um cheiro
de esgoto,
às vezes até de carniça.

Mas nós,
as travestis,
filhas da noite,
estávamos sempre em contraste,
perfumadas como rosas
que brotavam
em meio
à lama.

       Pista.

 É bem isso:
a pista é onde a nossa pele ganha um tipo de couro firme e grosso. A gente fica mais forte do que o próprio lugar.

      Ser
     travesti
      é
     muito
    perigoso.

Lá manda quem pode,
sabe dos truques e trapaças,
das artimanhas.
 Deus mesmo,
se um dia ele resolver conhecer,
que apareça
armado.

    A gilete é só um pedacinho de metal.

E a gente sempre precisa de uma escondida
onde quer que seja,
até embaixo da língua
se for preciso.
　　　Lá nós somos nós.
　　　E como somos!
　　　Bonitas.
　　　As pernas dum brilho no meio da escuridão
florescendo num foco de luz de um carro vindo.
Os cabelos jogados ao virar o rosto,
um leque na mão (trá!),
o cigarro em meio aos dedos (e aí, bee?),
o salto ao caminhar (tac tac tac).
　　　O nosso caminhar era vivo,
os prédios apagados,
adormecidos,
os cachorros uivando,
lixos pelo chão,
e o que nos restava,
　　　　　　　antes de sair de casa,
　　　　　　　　　　　era traçar
　　　　　　　　　　　　　　　o
　　　　　　　　　　　sinal da
　　　　　　　　　　　　　　　c
　　　　　　　　　　　　　　　r
　　　　　　　　　　　　　　　u
　　　　　　　　　　　　　　　z

Em meio a isso tudo, era bonito quando o sol nascia,
dava pra ver alguma beleza.
    Embolava por ali um brilho.
    Os pássaros cantando,
alguma borboleta
miudinha
                                    e
                                                amarela
que surgia
                voando

sem governo,
        a
        t
        r
        a
                palhada,
uma margaridinha que crescia
em meio à calçada
        r
        a
        c
        h
        a
        d
        a.
    Mesmas raças comuns
que nascem e vivem   em
                                               outros

                                        lugares,
mas na pista,
                tudo era MAIOR,
                            mais BONITO,
pois ganhava
mais BRILHO.

    Sabe,
acho que a LUZ enorme fazia isso.

    A gente acostuma com a falta de beleza e começa a ver docemente a feiura das coisas. Era o transcorrer da vida.

    O coração sempre pode mais.

    A pista somos nós.

    Aqueles foram os meus dias. E o que me ensinaram na infância me trazia paz. A confirmação do céu. Foi assim que deixei de acreditar no pecado. No fundo eu sempre transitava no futuro, imaginando um dia mais feliz. Isso me fornecia uma certa paz. Uma paz que ventava e transpassava entre os barulhos da noite.

    Os ventos nos levam pra tão longe.

    A gente vai esperando dias melhores,
com vontade de que eles passem rápido,
mas hoje
a idade
nada mais é
do que um
sentir
saudade.

    Mas aí é o que já se espera: tudo que vem fácil

tem o seu preço. O tipo de dinheiro que vem ligeiro desse jeito sempre acaba despertando na mesma velocidade a revolta de alguém. Quando se é pássaro novo, a gente precisa estar atento aos barulhos por detrás das moitas, além disso tem o pássaro maior já de ninho feito que vem se aproximando devagar, mas depois sai bicando quando menos se espera.

Ninguém quer ser inimiga de uma travesti, ainda mais daquelas que chegam elogiando alguma coisa sua:

— que lindo esse brinco, é meu agora.

Era uma das travestis com mais tempo de pista.

Dei meus brincos pra ela, mas não bastou. Ela alegou que eu queria roubar o seu ponto e seus clientes. Lugar de criança é na escola,

— vou te levar de volta até a sua mãe, seu viadinho!

E isso bem no dia em que eu estava sem Luana.

Ela veio pra cima de mim com as amigas, me empurrou e eu caí no chão, o meu celular novo numa poça d'água. Ela despejou toda a raiva no meu rosto, andou de um lado pro outro com uma navalha,

— some daqui senão eu vou te rasgar o rosto!

Eu me desculpei ainda no chão, que já ia sair, mas não adiantava. Levantei e ela me empurrou de novo, quebra ela, marca o rosto dela! Chutou meus pés. Viado pão-com-ovo! olha só, uma bicha mesmo pra não usar salto, deve nem saber. Não vou rasgar teu rosto, mas vou avisar a Cris, pode deixar, ela vai cobrar um pequeno aluguel seu. Elas riram. Meu celular pisoteado pelo salto alto.

QUARENTA.

Luana já tinha me avisado sobre a Cris Negão. Uma travesti nunca vai querer ter problemas com as cafetinas, nem com as suas discípulas. Ou você faz o que pedem ou já pode ir cavando o próprio buraco. Tenho memória viva das histórias cabulosas que descobri sobre ela, a cafetina mais temida. Até Luana passou um apuro. Cris chegou com dois hormônios italianos, ofereceu à Luana, mas ela recusou. A cafetina simplesmente colocou as ampolas na mesa e deu as costas, disse que pegava o acué mais tarde. Luana teve que pagar cinquenta vezes o valor do medicamento. Outra menina saiu de uma boate e Cris Negão chegou transtornada, nossa Pietra, adorei o meu picumã na sua cabeça. A menina entendeu o recado, sacou na hora as madeixas postiças da cabeça e entregou. Ou a surra que Cris deu num garoto de programa dentro de um cinemão, só porque o cara não quis trepar com ela.

    Deve ter sido obra de Deus mesmo eu ter tudo intacto hoje. Um milagre. A sorte de ter saído viva dessa época, ainda mais de nunca ter encontrado a Cris

Negão, até porque ela foi assassinada pouco tempo depois da minha chegada. Ela estava voltando pra casa, um menino, devia ter uns doze anos, chegou e atirou no rosto dela. Disseram que ela ainda levantou pra pegar o menino, o buraco no rosto, mas ele atirou novamente na sua cara. Fizeram até churrasco no dia de sua morte.

Esse tempo que passei na pista foi diferente do resto da minha vida. Era uma operação de extermínio. Todo fim de semana ouvíamos: fulana foi assassinada. Ou pela polícia ou pela disputa de ponto.

Teve um momento da vida em que eu me perguntava o que que me fazia voltar. Por que a gente quer tanto essa vida? Era existir. Lá era um lugar onde eu podia ser plena. Foi lá onde eu mais aprendi. Era fascinante como aquelas mulheres acreditavam na vida.

Mas durante a minha surra, eu fiquei um tempo no chão. O brilho da navalha. A travesti gritava, xingava e me ameaçava com a gilete, até uma voz carregada de sotaque romper o tumulto:

— ¡no seas tan celosa, mujer!

Uma loba. Uma loba poderosa. Ah, me lembro tão bem do seu jeito de falar, até da roupa que usava. Alta, tinha uma presença que transcendia o corriqueiro daquele lugar de ratazanas. Fui eu quem a trouxe aqui, disse a Loba.

A outra deu de ombros e foi embora com as amigas enquanto ainda gritava. Vou chamar a Cris, ela vai te multar, seu viado! Arranco esse seu silicone em dois segundos! Eu muda de medo, enquanto isso a loba retrucando,

— ¡Qué multar ni qué mierda! Depois eu me arreglo com a Cris. E aquenda mejor isto aí, que se te está por salir la pija!

Ela me ajudou a levantar. Meu Deus, não sei se estava muda por quase morrer ou deslumbrada com tanta beleza. Os peitos mais lindos que eu já tinha visto. Cheios. Um decote poderoso. Parece que foi ontem. Usava um vestido prateado e um salto agulha. Eu de rasteirinha, me senti tão brega perto dela.

Me perguntei como ela conseguia se manter em pé por tanto tempo, mas era aquele o trabalho, se equilibrar de salto naquela corda bamba que era a pista. E logo eu precisaria me equilibrar também se quisesse ser respeitada.

— ¡Muy mapó, reina! ¿Estás bien? ¿Te pusiste tetas hace poco, no? Me llamo Camila. Ahora sos mi hija, ninguém vai tocarte. Tranquila. Si alguien te toca, le rompo la cara.

Ela perguntou a minha idade, meu nome e de onde eu vinha. Resumi a minha história que pouco se diferenciava das outras dali e persisti naquela noite, observando aquela elegância travesti que eu queria aprender. Escolhia a dedo os fregueses, recusava alguns, coisa difícil de se ver por ali a não ser que você fosse carne macia de vitela como eu. As mariconas amam os bezerros novos, usam até a pele ficar dura que nem uma vaca velha.

A habilidade da minha mãe de lidar com os clientes me chamava a atenção, não só com eles, também com as meninas. Formava frases que quase ninguém imaginaria provirem de uma figura travesti. Frases muitas vezes pouco compreendidas por nós que não havíamos terminado nem o ensino fundamental, mas ela explicava, queria que a gente compreendesse.

Não demorou muito até que Camila me convidasse pra sua pensão pra um chá com bolinhos de chuva. Luana foi comigo. Elas já se conheciam, pois Luana havia morado naquela mesma casa.

— ¡A ver, putas, vejam quem chegou! Miren a esta belleza. Esta es mi hija, Júlia, escutaram? Minha filha. Así que me la tratan bem. Júlia, mi amor, saludá a tus tías.

Foi assim que ela me apresentou às outras companheiras. Dentre elas, uma que se movimentava com passos curtos, pouco distantes uns dos outros, arrastando os chinelos. Suas pernas de veias varicosas, tonalidades de azul e verde, prontas pra explodir a qualquer arranhão. Varizes e travesti eram pra mim elementos que pareciam não combinar entre si. E quem diria que hoje eu teria as minhas próprias mapeadas nas minhas pernas? Ah, que saudades tenho da dona Carmita. E enquanto me servia um chá, ela expressou sua preocupação: essa menina precisa terminar os estudos.

Minha mãe depositou um livro em minhas mãos. Livros pareciam uma raridade ali no nosso meio, havia tempos que eu não abria um. Ela tinha publicado depois de enfrentar o desinteresse das editoras que rotulavam sua história como suja. Não tive apoyo de la comunidad. Quando descuartizan nosso corpo e o arrastam com um carro, ahí sí se acuerdan de nós. Les encantan los números, só recuerdan nossa tragédia. A ajuda veio de um cliente antigo, un hombre de familia.

Perguntei à minha mãe se eu poderia ficar com aquele livro. Es tuyo, hija. E escreveu uma dedicatória enquanto as outras faziam graça de que ela estava treinando pra quando ficasse famosa.

Ah, aquela semana. Foi naqueles dias em que eu comecei a me sentir viva de verdade. Naquele tempo, uma mocinha travesti de dezesseis, quase dezessete anos que eu tinha, eu imaginava que a vida não poderia me dar nada além daquilo que nós buscávamos: sermos nós. Mas havia mais e eu comecei a querer aquilo.

Tem horas que a gente não vê a graça da vida, como se dirigisse um carro. A gente olha só pra frente e esquece dos lados, onde está o que é bonito e bom. Basta virar o rosto e num segundo você vê a paisagem.

Pois virei.

E fui me matricular no supletivo movida por um broto de feijão branquinho que crescia no peito. O livro de minha mãe havia aguado coisas de criança, de menininho mariquinha que eu era, toda a minha história que eu havia guardado e não queria lembrar mas que naquele momento se juntava às sensações novas que me davam orgulho.

Aquele dia me carregou, havia um poder naquela luz branda. Uma luz que se alargava dos meus peitos, das minhas pernas e braços. O sol amolecia todo o corpo. Eu nunca tinha imaginado, era difícil de acreditar, mas eu me sentia no céu.

Até pensei em escrever uma carta bem longa pra minha mãe, relatando o quanto o final do livro me fez chorar, o quão triste me senti pelo menininho e seu cachorro e o sorriso que surgiu em meu rosto quando a moça abriu aquelas asas. Tenho uma lembrança viva da vontade que tive de abrir as minhas.

    Hoje eu fico pensando no que ela faria se tivesse lido aquela carta que eu nunca escrevi. Primeiro ela iria deixar o envelope sobre a mesa de centro, pois eu sei bem que ela sempre gostou de estar muito tranquila pra ler. Iria direto tomar um banho. Sairia do banheiro pra cozinha enrolada numa toalha, os cabelos molhados, gotas escorrendo pelas costas, depois voltaria pra sala, carregando uma garrafa de vinho tinto argentino e deixaria a toalha, de uma maneira muito singela, cair no chão. Nunca vi mulher pra gostar de andar pelada pela casa. Ela ligaria um som, Billie Holiday talvez. E iria encher uma taça de vinho ao mesmo tempo que acende um toco de maconha. Sentaria no sofá e abriria o envelope, rasgando na lateral, tomando cuidado pra não destruir a carta. Ela tragaria a maconha, desdobraria o papel enquanto segura a ponta na boca. E quando começasse a ler, ela sorriria, colocaria a maconha no cinzeiro e continuaria lendo com este mesmo sorriso até o P.S. onde eu teria escrito que seu último conto foi um tanto escatológico, mas que no fundo, lá no fundo, eu amo ler essas coisas. Ela iria gargalhar, pensaria numa frase inteligente, talvez algo de um livro, mas no final faria apenas algum comentário em espanhol simples como ah, esta loquita, e deixaria a carta na mesa e caminharia toda chapada até o espelho pra tirar uma selfie tapando apenas os bicos dos peitos com duas flores secas de maconha.

    Mas olha que curioso, tudo o que senti naquele

momento foi uma vontade imensa de escrever sobre mim mesma. Falar de coisas parecidas de quando eu registrava em meu caderninho as aspirações de explorar o mundo.

Uma travesti tem tantos desejos.

A gente vive imaginando a vida. Pensa naquilo tantas vezes que se arrepia. E é nesse arrepio onde o amor está. E ainda hoje a pele sente esse mesmo frio daquela época, pois o amor que vem dos sonhos nunca vai embora.

Talvez seja egocêntrico,
não sei,
mas lembro de uma vontade tão grande de escrever sobre meus devaneios
e quis tanto me amar.

Me amar mais.

Fui então buscar tudo o que precisava ser dito,
com vontade de revelar algo tão pouco revelado.

Algo sujo para muitos,
mas que pra mim era tão limpo
como o nascer.

O sol iluminou a sala de aula com um brilho tão bonito,
e eu,
eu só tive uma vontade enorme de renascer
e reencontrar aquela menina
que era obrigada
a cortar os cabelos
quando estavam grandes demais.

Me ajeitei na cadeira e abri o caderno
como se estivesse abrindo as cortinas do céu.

Ah, o céu.

    Parecia que eu estava o alcançando.
    Segurei o lápis com a mão meio perdida na coreografia da escrita,
fazia tanto tempo.
e assim,
num rabisco redondo,
como o sol que surge no horizonte,
nasceu um calor,
mas um calor tranquilo,
desses que a gente só sente quando termina um livro.
    E senti:
uma vontade forte
de fugir,
desaparecer,
e reaparecer
num outro lugar
e apenas ser
                        uma mulher comum.
    E pensei:
quero fugir
ir embora daqui
pra onde ninguém me conheça,
nem pergunte
o que tenho
                        no meio das pernas.
    E imaginei:
ser uma estranha estrangeira
sem passado,
nem nome morto.
    Sem gente abusada.
    Onde de *ele*
nunca me chamem

ou me perguntem
se são verdadeiras

                                      as minhas tetas.

    Nasci.
    E eu era o meu próprio céu.

QUARENTA E UM.

Alguns anos se passaram desde a minha formatura. Camila havia abandonado a prostituição e estava vivendo da escrita e palestras. Muitas vezes me ajuntei com nossas amigas na sua antiga pensão pra assistirmos às suas entrevistas, algumas até em inglês. Ela estava cada vez mais chique, compartilhava fotos novas na sua página na internet junto de pessoas famosas e até em revistas saiu. Muita gente estava lendo os seus textos. Nunca tínhamos visto algo assim, ela era a nossa celebridade. Dava tanto orgulho. Mas eu também tinha uma vida nova, mantinha alguns clientes regulares que pagavam bem e havia abandonado a vida na pista. Morava agora com Luana num bairro chique em São Paulo depois de tanta luta até conseguirmos um locatário que aceitasse os nossos documentos com nomes estapafúrdios.

Estava prestes a realizar um sonho de criança: me mudar pra Europa onde diziam ser o local propício pra uma vida de dia pra mulheres que eram da noite.

Decidi fazer uma última visita à pista e me despedir das antigas amizades. Convidei minha mãe e minha irmã. Coloquei o meu melhor vestido, o prateado, presente de Camila. Salto agulha era essencial pra estar deslumbrante. Caprichei na maquiagem, sombra azul nos olhos, rímel escuro nos cílios e um batom vermelho marcante. Queria estar bonita, não só pra noite na pista, mas também pra estar ao lado das amigas que tanto amava. Um sentimento que eu não conseguia definir, era mais do que orgulho, talvez o amor pela família que eu pude construir.

Marcamos de frente a um boteco perto da Amaral Gurgel. Fui descendo a Augusta com Luana. Ela ria alto, gritava de felicidade por eu ir embora mesmo que fôssemos nos separar. Nunca tinha visto aquela mulher tão linda, os cabelos enormes num vermelho acobreado saltitante pelo ar, as penduricalhas prateadas nas orelhas.

Pra você. Minha amiga me entregando um pacotinho com uma fita vermelha. Desfiz o laço. Deixei cair na minha mão. O colarzinho de pérolas? Não posso, Luana, você ama ele demais. Entreguei de volta pra ela.

— Se você não aceitar eu vou jogar ele dentro desse bueiro olha.

E eu aceitei depressa com medo de que ela jogasse fora, eu não duvidava. Não me esqueça nunca amiga. E como poderia esquecer da minha Lua? Me esquecer das nossas risadas e até das nossas brigas, que no final não passavam de brincadeira. Talvez isso fosse o essencial. Como Lygia me disse uma vez: o mais importante numa amizade é isso, um tem que achar graça no outro porque nessa bem-humorada ironia é onde está o próprio sal da vida. Quando essa graça desaparece é porque a amizade acabou.

    Pois é, a gente ri, a gente briga e chora junto. E é aí onde se encontra esse sal, ele fica nessa lágrima que se compartilha quando chora, mas que dá gosto na vida.

    Falei que iria primeiro e depois voltaria pra buscar a Luana pois eu não conseguiria ficar longe dela.

    — Adivinha quem vai?

    E eu sem acreditar, não brinca com isso, e minha amiga me contando que já ia marcar a cirurgia. Ela me garantiu que era verdade, que tinha decidido tudo no dia anterior e já tinha todo o dinheiro pra pagar, só precisava fazer uma transferência pro exterior. Minha irmã tão organizada, ela vinha juntando tudo há tempos numa poupança, o daddy com quem ela saía na época tinha dado uma boa quantia pra que ela comprasse uma bolsa. Ele tinha sumido, mas por um tempo ficou no pé dela, pedindo pra que não fizesse a cirurgia, acham que são donos do nosso corpo, como se fôssemos um brinquedo, um homem que nunca apoiou o meu sonho. Ela estava pronta, uma surpresa daquelas, já ia comprar as passagens e logo faria a cirurgia com um médico em Madri e depois se mudaria pra Itália. Meu Deus, Luana! Parece um sonho! E talvez fosse mesmo um sonho, mas que agora tinha cor, não mais preto e branco como aqueles filmes antigos que a gente assistia.

    Luana queria contar pra Lygia que nós iríamos nos mudar e eu ia levar o Caviloso comigo. Por que a gente não vai na casa dela semana que vem levar um presente bem bonito? A Camila deve saber o que presentear a uma escritora aliás a gente podia levar a Camila né a Lygia ia amar.

    Luana animadíssima que tinha comprado dois livros, um pra aprender espanhol e outro pra melhorar o inglês. E de lá da Itália vou te visitar em Berlim. Você e o nosso gatinho. Vou morrer de saudades de vocês dois mas pelo menos vou estar mais perto de Berlim. Aquele gato ele vai se dar bem naquele frio tanto pelo que ele tem aqui só passa calor o coitado. Estou tão feliz por você, Luana. Logo vai chegar a sua vez Júlia nem que eu precise te ajudar e aí a gente vai cuidar uma da outra.

    Minha amiga me abraçou, apertou os meus peitos. Alguns meninos mexendo com a gente na rua, um carro buzinou. Trezentos reais meu amor se levar as duas tem desconto!, gritou Luana.

    Quando chegamos, minha mãe veio correndo até nós,

    — ¡Ah, perras traviesas!

    Ela nos derrubou no chão. Depois deu um tapa na minha bunda e falou que o vestido ficava melhor em mim do que nela. Comentou que Luana estava belíssima com aquele cabelo todo vermelho.

    Camila me presenteou com seu novo livro, e eu entreguei meu poema: *Vez ou Outra o Sol Nasce para Nós*. Ela leu ali, enquanto fumava um cigarro. Me abraçou. Me deu um beijo no rosto, fez um carinho no meu cabelo e disse: Nunca dejes de amarte ni de escribir, hija mía.

    Aquelas putas. Eu dizia que iria aprontar com elas até o dia em que o Jesus viesse buscar a gente.

E ele veio, já levou algumas de nós desde então e eu sei que elas estão lá, dando close no céu, pois vamos todas juntas até esse lugar bem babadeiro, subindo as escadarias de ouro, passando pelas nuvens brancas, alguém abrindo a porta e dizendo: e aí, bee? Quem sabe tem uma rainha lá em cima esperando as filhas chegarem e assim cuidar de nós. Um céu cheio de travesti e gato passando a cabeça na nossa perna. Um lugar lindo, mas não aquelas paisagens das cartilhas da igreja. Porque a perfeição não é o que nos ensinaram, a perfeição é virar do avesso. Acho que vamos todas para o céu!

Enganchei nos braços da minha família e caminhamos juntas até a pista. Um grupo de travestis veio ao nosso encontro. Contribuí com boa parte das minhas roupas e maquiagens, levando também alguns presentes.

As meninas sugeriram que encerrássemos o expediente com chave de ouro: o nosso último programa, indicando um carro que fez um sinal pra mim.

Ah, aquelas loucas. Nunca acreditaram em mim quando contei.

Fui caminhando até o carro, rebolando, salto agulha, vestido colado. Eu não tinha esquecido como caminhar na pista. Essas coisas são instintos travessos.

Quando me aproximei, percebi que eram três amigos.

Fui até o motorista. O vidro abaixado, o rosto dele na minha cintura. Encostei a bunda no carro. Sabe aquela cena de Uma Linda Mulher?

Então, fiz exatamente aquilo, até chiclete eu mascava, coisas que a gente guarda na cabeça de criança mariquinha e sonha um dia fazer.

Ele fez a proposta e eu disse que não dava desconto. Não precisava de mixaria, a não ser que os pacotes fossem bons, mas teria que avaliar primeiro. Como eu era puta, mas só disse isso porque eram bonitos. O de trás respondeu que eu iria amar cair de boca em sua jeba enorme e poderia confirmar com as amigas travestis a delícia que era.

Fui até ele,
aqueles olhos azuis,
a barba castanha,
— como está a nossa mãe, Gustavo?

QUARENTA E DOIS.

Me amando desse jeito depois de velha, eu comecei a entender um bocado de coisas da velhice. Eu nunca tive medo de nada durante essa minha vida porque o medo é só a falta de tantas coisas maravilhosas, é a falta de otimismo, de esperança, de fé. Eu não ia conseguir escrever nada se eu tivesse me negado. Às vezes a vida nos dá uma cusparada, mas é pra gente aprender a limpar o rosto e seguir em frente.

    Esse amor veio dos livros, da literatura. A literatura é uma forma de amor, como dizia a minha amiga Lygia. Eu sempre disse que um dia teria a sua idade, a idade da terra. Lembro do dia em que o Caviloso me acordou no meio da noite, pulou na minha barriga. Foi como um soco, o ar saiu com força, aquele vazio doloroso no estômago. Levantei a cabeça, tudo meio escuro, o gato corria elétrico. Tão enfezado aquele gato, que saudades, viveu tantos anos. O rabo eriçado. Miava pro nada. O mesmo poste de luz, aquela luminosidade através das cortinas. Ele corria. Eu pedi que ficasse quieto. Afastei as cortinas: a lua. Um brilho tão bonito daquele jeito, só podia ser da lua. O poste com a luz apagada. E ela estava tão cheia e brilhosa. As estrelas coradas. Abri as janelas e senti um vento sair, como se tivesse passado por mim, não pelos lados, mas por dentro. Ouvi o miadinho tímido do Caviloso, senti o seu contorno na minha perna e deitei na cama, me cobri inteira, enfiei o edredom por debaixo dos pés, como quando era criança. O gato se acalmou do meu lado, ronronou, dormiu, dormimos. Acordei no domingo, meio-dia. As notícias nos jornais, as mensagens no celular. Minha querida amiga Lygia havia ido para o céu. Abracei o Caviloso, ficamos mudos o dia inteiro, eu não falei, ele não miou.

O colar que Luana me deu no meu pescoço pra dar sorte. Quem sabe não tenha sido ele a me trazer até aqui, cheia de tanto amor, feliz e sorteada pelo destino pra não mais residir naquele lugar. Naquele rincão que me impôs tanto desprezo. Desprezo que cicatrizou, virou memória de orgulho que se juntou às rugas de conhecimento.

Montei minha livraria aqui na Catalunha, compartilhando esse capítulo com alguém especial. Há quatro décadas decidimos unir nossas vidas buscando mútuo conforto e companhia. Às vezes brindamos com uma taça de vinho branco ou com este frisante que abri há algumas horas e tanto aprecio. É caro, mas é um mimo que hoje me permito.

De vez em quando desfrutamos dos restaurantes fabulosos que existem por aqui, caminhamos pela orla ou simplesmente sentamos pra ver o pôr do sol na pequena faixa de praia que restou. Em alguns dias o calor é tanto que o horizonte fica turvo quase opaco e nos dias de chuva as tempestades são de tal intensidade que precisamos ficar longe da orla, sob risco de enxurradas. Durante o verão as ondas tomam tudo, mas no inverno quando a maré recua podemos vislumbrar as ruínas do teatro antigo. Lembro bem do último show que assisti nesse mesmo teatro de Caetano e Bethânia juntos, Luana chorando e eu cantando com tanta emoção *As Canções que Você Fez pra Mim* e depois nós duas rindo de Lygia quando Caetano cantou Odara.

Hoje de manhã Luana disse que iria ao centro da cidade e mais tarde faria um jantar delicioso. Ela passou batom vermelho, prendeu seu cabelo branco num coque, alisou pra cima aqueles microcachos enquanto se olhava no espelho, mandou um beijo pra si mesma, virou de lado e empinou a bunda, cadela, disse, e saiu rindo batendo a porta. A casa ficou silenciosa, eu gosto desse silêncio, mas também gosto dos barulhos de minha amiga, estou acostumada com eles.

Ela chegou agora pouco aos berros, surpresa com o que aconteceu no caminho de volta. Um protesto de atores reivindicando um sistema de cotas pra humanos na indústria do entretenimento. É claro que achamos válido, pois quase todas as produções são feitas com atores mortos.

Ela também tomou um susto já que havia um homem de verdade no volante. Chegou em casa enlouquecida do edi,

— hoje um macho me trouxe pra casa querida! Ai como é bom sentir cheiro de macho né?

Ela toda eriçada nos seus oitenta e quatro anos e eu só pensava nos Alexandres brigadeirísticos que me apareceram na vida. Pensei em responder que não queria sentir cheiro de macho nenhum, uma preguiça. Se vendessem cheiro de homem nas lojas de perfume e não só de ecossistemas extintos, eu compraria pra essa velha safada. Não disse nada a ela, apenas a observei com um sorriso.

Neste momento minha amiga prepara um nhoque de batata-doce. Diz que batata-doce faz bem ao nosso corpo velho. A cozinha está cheia dos cheiros do quintal, ela trouxe sálvia fresca e outras hortaliças pra fazer com manteiga. Ouço o som dos talheres na mesa, os pratos que ela organiza com cuidado. Quando viro o pescoço até a cozinha, vejo a outra janela. O sol está enfraquecido, mas ainda ilumina o suficiente pra que minha amiga cozinhe sem acender a luz. É bonito. Seu cabelo crespo e grisalho ganha um tom amarelo. Resolveu assumir de vez a cor natural, algo que eu ainda não consigo, sempre peço que ela tinja o meu de castanho.

Desde que nos aposentamos, Luana tem insistido que eu escreva um livro, coisa que nunca fiz.

Pego meu caderno e continuo minhas anotações na mesa enquanto ela traz a jarra de suco. Gosto de observá-la e descrever seu corpo, suas roupas. Seus gestos agora mais lentos. A forma bonita como gira o corpo após deixar o prato na mesa, como segura o copo.

Há tempos eu queria escrever sobre Luana, escrever sobre nós duas.

Em algum momento depois do jantar, estaremos um pouco bêbadas de tanto tomar caipirinha feita com a cachaça de Paraty que ela encontrou em uma dessas lojas de bebidas importadas no centro. A música estará muito parada pro gosto dela e ela irá trocar por um forró. Vai levantar e começar a dançar como fazia quando éramos jovens com seu olhar limpo e sorriso receptivo, o vestido se abrindo no movimento devagar do corpo, e ela grita,

— vem dançar pra fazer digestão Júlia!

Ela vai substituir o canto por uma respiração ritmada, eu vou rir e ao mesmo tempo admirar minha amiga, tentando encontrar uma palavra pra descrevê-la mas ela já é um poema por si só, pois não existe nada mais poético do que uma velha bêbada de olhos fechados dançando devagar um forró com as mãos no peito.

Nós duas, travestis vivas, árvores num mundo de concreto com suas raízes teimosas que crescem e racham calçadas.

Cadelas que deitam e se acomodam na porta de uma igreja.

— Júlia pega a cachaça vamos tomar um shot! Levanta velha preguiçosa!

Apoio a caneta na mesa e levanto. Digo que não quero ficar tão bêbada, já passei da idade, mas ela insiste. Enchemos dois copos pequenos e, um, dois, três, tomamos e rimos.

As duas abraçadas no meio da sala enquanto anoitece ao som de um forró antigo. Uma noite que é a lembrança de tantas outras noites juntas, uma amizade que é a memória de uma vida cheia de erros e acertos.

O tempo chega, sem convite. Mas ainda teremos muitos anos pra dançar, as duas maravilhosas desse jeito. Poderíamos ficar assim, em silêncio por muito tempo, e entenderíamos uma à outra sem a eterna necessidade de nos interpretar, o nosso tempo adiado.

— A gente faz o nosso céu amiga.
— Sim, a gente faz o nosso céu.

AGRADECIMENTOS.

Este livro começou pelo fim, um conto que nasceu durante uma oficina literária com João Silvério Trevisan. Os "fatos poéticos" que João compartilhava e pedia me fizeram enxergar literatura em todos os lugares. Obrigada, João. Aos meus amigos de longa data, Daniel Barbosa, Edgar Rosa e Ivo Yonamine, que sempre estiveram ao meu lado, me apoiaram e leram meus textos, meu sincero agradecimento. À querida Efe Godoy que fez o belíssimo desenho da capa deste livro. A Fiona, minha gata, que ronronou ideias e virou personagem sem saber. Obrigada à Paula Maria com sua leitura tão bonita e generosa. Aos meus editores, María Elena Morán e João Nunes Junior, com um trabalho delicado e sensível. Ao querido Marcelino Freire, cujas valiosas orientações e apoio fizeram a ponte para que Lúcia Telles pudesse ler meus textos com a nossa querida Lygia Fagundes Telles. Obrigada, Lúcia, pela leitura e pelos livros de presente. Aos Tribalistas, que escreveram as belas canções que marcaram minha infância e agora são trilha sonora de parte deste livro. À Lygia, que me mostrou que a literatura é uma forma de amor. À minha querida avó, dona Darcy, uma mulher à frente de seu tempo e que me inspira a cada dia. Ao meu antigo eu, criança que voltou a fazer parte de mim. À vida, que pode ser sempre redescoberta.

Impresso no primeiro semestre de 2025 para a editora Diadorim com as fontes *Brygada 1918*, *Alfarn* e *Abril text*.